AF617516

Las ocasiones | 37

La principal

FULGENCIO PIMENTEL

Viñeta de Hans Arlart

Otros títulos de la colección:

ELVIRA LINDO	*Tinto de verano*
SERGUÉI DOVLÁTOV	*Retiro*
SABINA URRACA	*Las niñas prodigio*
EDUARDO HALFON	*Clases de chapín*
RUBÉN LARDÍN	*La hora atómica*
PHILIPPE DJIAN	*«Oh...»*
SERGUÉI DOVLÁTOV	*Oficio*
WILLIAM CARLOS WILLIAMS	*Los relatos de médicos*
ANDRÉI PLATÓNOV	*Dzhan*
JAIME DE ARMIÑÁN	*Juncal*
GUEORGUI GOSPODÍNOV	*Física de la tristeza*
SERGUÉI DOVLÁTOV	*La maleta*
SERGUÉI DOVLÁTOV	*Los nuestros*
EDUARD LIMÓNOV	*El libro de las aguas*
GUEORGUI GOSPODÍNOV	*Novela natural*
EDUARD LIMÓNOV	*El hombre sin amor*
ROQUE LARRAQUY	*La telepatía nacional*
INGMAR BERGMAN	*La buena voluntad*
SERGUÉI DOVLÁTOV	*Filial*
INGMAR BERGMAN	*Niños de domingo*
CHOTARO KAWASAKI	*El barrio del incienso*
EZEQUIEL ZAIDENWERG	*Cincuenta estados*
ALEJANDRO MORELLÓN	*El peor escenario posible*
GUEORGUI GOSPODÍNOV	*Las tempestálidas*
ROQUE LARRAQUY	*La comemadre*
MARCELO DONADELLO	*Chéljelon*
CHOTARO KAWASAKI	*Árbol desnudo*

Las ocasiones

Rubén Lardín

Las ocasiones

FULGENCIO PIMENTEL
La principal

Tiro piedras por la calle
y al que le dé que perdone,
tengo la cabeza mala
de tantas cavilaciones.
Soleá

Sol, solet,
vine'm a veure, vine'm a veure;
sol, solet,
vine'm a veure que tinc fred.
Canción popular infantil catalana

Escribo esto colgado del patín de un helicóptero. Fácil no es, pero por vosotros estoy dispuesto a lo que sea. Que si tengo miedo… ¡Pues claro que tengo miedo!

Vestido de imprudencia bajo a desayunar y trato de actualizar mis ideas, intento formularme un pensamiento que no sea mío y sufro y padezco anhelando lo no dicho. Antes de salir de casa he fingido una sonrisa delante del espejo, no sé bien qué pretendo. ¿Pensarlo todo? ¿Llegar a entender? ¿Dar con el significado? Decirlo todo, dijo Sade. Pero, entonces, ¿lo indecible?

Sé que llego tarde para eso y para lo demás. No puedo escribir ya nada que destruya mi vida. Escribir no es decir todo, escribir es primero expresar los silencios que nos embargan. Sigiloso, para que no se espanten. Desvincularse, echarse a un lado, quedarse un poco solo y ver por dónde empezamos.

De este libro que presiento me gustaría salir como a veces he creído salir de algunos libros que he leído, algo más yo, distinto. Nunca mejor, tanto no pido, pero sí algo desentrañado.

Una cosa tengo clara: si no es descubridora no es escritura. Me impongo por tanto escribir a tumba abierta. Brotan las palabras según se las necesita y fluyen como una música melismática. Se manifiestan a borbotones y en ocasiones incluso se inventan. Se inventan ellas, quiero decir, se sirven de nosotros. Con toda probabilidad estoy escribiendo, sin saberlo, de lo que saben otros. Incluso de lo que otros saben pero no sabrán que sabían hasta que lo lean aquí escrito. Escribir podría entenderse como una tarea de transmisión, de comunicación tal vez, pero no, es otra cosa, una actividad alienígena y hostil. Si escribo es para estar en todos, para ser en los demás.

Puestos a ello, este relato de mis jornadas ha de basarse en sucesiones de acontecimientos, en una trayectoria de causas y efectos donde cada evento anuncie el siguiente, lo promocione en una narración horizontal que se detendrá cuando la necesidad de comprender sea más fuerte que la de mostrar, cuando la reflexión se imponga. Ocurrirá entonces la escritura vertical, la de las ideas, que son criaturas sin desenlace que se derraman, se suceden en un vertido que es expresión del yo, y no, por tanto, del propio pensamiento. No sé si esto se entiende. Decidme vosotros, que podéis volver a leerlo.

En cualquier caso, para certificar que mi teoría es buena, lo primero que debo hacer es tratar de refutarla, y así, entre que trato de contravenirme, observo a un grupo de chavales que pace a su rollo y en ellos me dejo elucubrar. Fuera hace frío. Son los últimos días de exámenes y estos chicos y chicas se refugian del temporal. Determino que los jóvenes son personas todavía llenas de sí mismas. Son, como lo fuimos nosotros, aventureros pasivos, hombres y mujeres ajenos a la catástrofe a quienes el tiempo glorioso se les irá posando primero en las manos, caracterizando las falanges que irán recogiéndose en sarmientos, a veces en el nervio ciático y en todos los casos alrededor de los ojos. De momento, para ellos todo es nuevo y consideran tan grandes los problemas como las soluciones.

Aunque sin ser ya ni remotamente un niño, yo a esos jóvenes a los que siento como mis mayores (esto ellos no se lo pueden ni imaginar) me gustaría advertirles de que van a ser devastados, y decirles de paso que no escuchen nunca nada que tengamos que decirles, algo en lo que sin embargo me estoy poniendo en entredicho, incurriendo así en una primera contradicción.

Cuando me dispongo a enunciar estas papallonas advierto que uno de ellos, la muchacha de las tetas contentas, siente la llamada de la dopamina y se lleva a la vista el teléfono, que pasa a manipular alterando el intercambio de fuerzas que se daban en el grupo, coagulando la atmósfera y deteniendo todos los fenómenos terrenales que la vinculan a su entorno.

La dopamina nunca la hemos visto pero según nos han contado fabrica siervos, instruye al cerebro y modula su comportamiento en reacción a una recompensa, que en este contexto es un *input* en el dispositivo, un me gusta, un corazoncito, otra réplica. Una nueva actualización que trae consigo la ilusión de presente continuo. Más que de ser, de estar siendo.

Pero el presente es ilusorio y efímero, mero accidente. ¿Qué es esto? Nadie sabe qué es esto. Llevo en las manos una servilleta de algodón. He salido del restaurante llevándome una servilleta que ahora manoseo naturalmente al hablar como si hubiera estado operando en alguna máquina. Hasta dentro de tres calles no caeré en la cuenta de que llevo esta servilleta en las manos.

El presente es una molestia que no cesa y que solo cabe dejar para mañana. El futuro, entonces, aunque incierto, es sido. Su conclusión, solo una. El pasado sería entonces el único asidero. Bastaría con contemplar cómo se ha convertido en esto para predecir el futuro, que lo será a partir de esto, de aquí en adelante.

El pasado es real, ha tenido consecuencias, por eso reímos narrándolo, por eso olvidamos cosas allí y nos equivocamos y nos arrepentimos y mentimos al respecto. El pasado, estela fugitiva (el pasado no se recuerda y el futuro no se olvida, ¿qué broma es esta?), se enuncia en estos casos como lugar razonado y de protección, y ocurre que cuando pensamos en él estamos presentes en dos lugares simultáneamente, nos desdoblamos. Pero, cuidado, en esta conclusión tal vez estoy negando la aventura y vindicando su contrario: el regreso. ¿Es esto posible? ¡No hay mucho tiempo!

En el escaparate de esta librería ante la que me he detenido (he quedado aquí cerca), y que no es de viejo sino de libro antiguo, se expone abierto en un atril un volumen de Blai Bonet en el que alcanzo a leer que él no recuerda las cosas, que las tiene presentes. Años atrás (en el pasado, ya que estamos) el tiempo solía guardarse en una caja de zapatos debajo de la cama, a ras de suelo; dentro, un atado de cartas y un puñado de fotografías, lo ya andado.

Escribo sobre el tiempo para pasar el rato. Al socaire del pasado los actores de mis recuerdos tal vez no preservan esa escena de la que son parte. Es probable que, pese a su intervención decisiva, no atribuyan al momento que compartimos el influjo que yo le otorgo, y del mismo modo es posible que cada uno de nosotros esté ahora mismo protagonizando el recuerdo de alguien, un acontecimiento de cuyo sucedido no tenemos memoria.

Con el tiempo nos volveremos peligrosos unos para otros, se nos coagularán las ideas, nos obstinaremos. Si nos despistamos, podemos acabar convertidos en uno de esos escritores firmes, convencidos, responsables de lo que escriben. ¿Cómo va a salir algo bueno de ahí, asquerosos?

Lo que importa es estar presente, ir resolviendo, en esta ocasión contemplando a estos jóvenes que nos exigen su futuro de vuelta. A ellos les dedico la mitad de mi tiempo, el resto es para los precursores. Agradezco que los jóvenes sigan inventando músicas, que nos saquen de la nuestra, y cavilo a los muertos aunque cuando lo hago tengo la impresión de que son ellos quienes me están pensando.

En el presente, a media tarde, mientras el día va diciendo sus luces, callejeo la infancia de la especie, me detengo en mitad del paseo de la fama, tecleo un mensaje y lo envío mientras me rasco la región anal en uno de esos gestos que llevo a cabo a solas o frente al panteón familiar. Me daría por satisfecho si la chica de las tetas populares, minúsculas, se apease del mundo de los vivos para leerme en su móvil. «¿Qué posibilidades tiene el ser humano de librarse de sí mismo?», le preguntaría. A mis pies, las estrellas en el pavimento figuran bocas de un alcantarillado celeste. De un cielo inferior.

Escribo desde el yo pero mi yo es multitud, está lleno de gente. Tengo muy poco que ver conmigo. El momento presente es solo una referencia, una línea de flotación, buena parte está sumergida. Escribir, estar escribiendo, es la única manera de detener la existencia. De mirar alrededor y observar el tiempo. No la meteorología sino el tiempo quieto, manso y flotante. Escribir es la única manera de evitar el fraude y la decepción.

Escribo este libro. Carecer de talento no me impedirá verlo aconteciendo. Y que si tengo miedo… ¡Las piernas compota! Pero llevo encima una silla de enea y pienso buscarme un palmero. Al fin y al cabo, para esto bajé a la tierra.

La víspera de mi cincuenta cumpleaños tuve una revelación. Fue solo un término, pero me resultó clave. Una palabra. Lo que hasta el momento estaba entendiendo como un tanto llevadero de ansiedad y sobre todo como una percepción lúcida del meteórico paso del tiempo no era más que un intento penoso de acuñar en mí el vocablo desesperación.

Otra cosa que comprendí fue el secreto que elucida y explica ese recodo imprevisto, de pronto tan confortable, del ir envejeciendo. Porque en el hacerse viejo hay una zona de bondad que ha sido excavada por los años, por la edad de uno sucediéndose, y que amigos y conocidos, incrédulos, tratan de expresarnos a veces sin siquiera llegar a identificarla con claridad. Pero es muy sencillo. Ocurre, llegados a esta otra parte de la vida en que el tiempo es más vasto por detrás que por delante (así exactamente se pinta en la imaginación), que los mejores de nosotros, y digo los mejores de nosotros porque he podido observar que esto solo nos ocurre a los mejores de nosotros, *mes amies*, por fin nos hemos desembarazado de la educación que nos dieron, de todo aquello que nos enseñaron.

El arte, esa palabra de la que nos hemos venido sirviendo para limpiarnos de todo aquello que nos fueron inculcando. ¿Acaso no era cada película que veíamos (todas las noches viendo películas) un antídoto contra la mentira que ese día habían tratado de grabarnos en la escuela, en casa o en el trabajo? La tarea primordial del arte es destruir todo esto; ya que no acabar con este mundo detestable, ser al menos consuelo, salvarnos, es por ello que el verdadero artista solo puede serlo si se encuentra incómodo, no se puede crear nada válido desde la aceptación, ¡me niego! Cada película y cada libro, cada tebeo, nos sirvió para desdecir la mierda que nos iban metiendo en la cabeza, la monserga de la productividad, del rendimiento y la observancia. Suerte de los libros, de las películas que irían componiendo nuestro pequeño capital cultural íntimo, de la música y sobre todo de la actividad del dibujo, primeras trincheras desde las que acallamos la prédica adulta. Bastaba con subir el volumen para formarse en el desvío, eludir el gregarismo, comprender que los límites de cada uno serán los límites de su lenguaje. En ocasiones algún libro tenía la capacidad de transformarnos, nos daba un individuo nuevo y extraño que nos ponía en cuestión. A la vida se entra por ahí, no por la vida.

No sé a qué estamos. Me he caído al día muy excitado, intoxicado muy seriamente por lo sucedido en un sueño del que no es conveniente hablar aquí, pero que ahora extiende sus alas con categoría de fenómeno, me alcanza.

Paso buena parte de la mañana regodeándome en recuerdos, con mi caracola pegada a la oreja, repasando el glíglico. Cuando Jimena se fue me quedé sin quien hablarlo. Pospongo vestirme, el cuerpo presente pero ensimismado, y antes de comer, todavía en albornoz, me masturbo muy brevemente mirando varias fotos suyas que he encontrado en el iPad. Una paja demorada, muy corta, en la que me siento y me consiento y en cuatro sacudidas me derramo sobre una imagen de ella en la que aparece mirando a cámara desbaratada y oliendo a alcohol. Alcancé a hacerle esa foto una noche en mi casa y luego prometí borrarla. No fue algo propio de mí. O tal vez sí lo fuera. Aquella noche había bebido. Como la de ayer.

Tras eyacular sobre el iPad, todavía un poco aturdido, hago un descubrimiento asombroso: que la sustancia humana desquicia a la máquina. Al parecer, el esperma contiene alguna potencia eléctrica, un número ínfimo de milivoltios suficiente para marear la pantalla y hacer inestable la imagen durante varios minutos, una eternidad, a mi entender, dado que se trata del fruto de mi desesperación, pero ahí sigue la materia, mientras escribo, agonizando, generando *glitches* y nuevas alteraciones de la imagen, esta paja científica desmemoriando el recuerdo.

Las promesas y el pasado, qué hacer con eso. El no disponer de recuerdos anteriores a la vida nos hace preguntarnos si antes de vivir también se está muerto, si aquella región es la misma que nos espera y tal vez lo hemos olvidado.

Lo que hacíamos era vernos las tardes de los miércoles en la casa de los caracoles, en Tamarit con Entença. Allí vivía entonces Clara, en un piso que costeaban sus padres y que compartía con otras tres estudiantes, y allí acudíamos el Gero y yo para intercambiar tebeos y libros y hablar de películas y escuchar algún disco apoltronados en el sofá o dibujando sentados a una mesa camilla que venía con aquel piso amueblado al acaso. Entonces lo provisorio era todo.

Clara era de un físico un tanto estéril, un poco muy alta y un poco demasiado delgada y de un atractivo alienígena, exterior, que nos civilizaba. Tenía los ojos más separados entre sí de lo que mandan los cánones y guardaba entre ambos espacio para muchas imaginaciones. Imaginaciones nuestras. Entre aquellos dos ojos cabía el propósito de otra raza. Le rugía en la mirada una quietud volcánica, y la nariz preponderante siempre aventajada.

Entre las rutinas del Gero recuerdo el gesto de peinarse con la mano grande y entera una barba que de ningún modo estaba de moda por aquel entonces. Si fuera escritor, si escribiera mejor, más mal, escribiría que se la mesaba, pero no había ninguna consideración de eternidad asociada al gesto, que era mero reflejo de vanidad y gobierno, el demonio de la simetría significándose. Luego salíamos a los bares del centro, hasta que amaneciera.

Eludíamos con orgullo la querencia de las discotecas y rondábamos la fuente de las Tres Gracias. Solíamos terminar en la mesa encajada al fondo a la izquierda del Chez Popof, en una bocacalle de Ferran, o en el Kentucky en noches más desaliñadas y comunales, antros de horario clandestino en los que íbamos dejando atrás la ciudad con el convencimiento de que era ella la que se había rezagado.

Compartimos canciones que nos ayudaban a vivir y un puñado de momentos decisivos que, como canta Parade, nunca supimos reconocer. Derrochábamos algunas veladas tratando de idear patentes. Sabíamos que en el futuro no íbamos a querer trabajar porque ya habíamos vislumbrado la celada, y no, de ninguna de las maneras, nadie iba a mercadear con nuestro ser ni con nuestro tiempo. Entendíamos ya entonces que la decisión de no trabajar nos iba a requerir trabajar mucho, dedicarse plenamente a ella, pero estábamos dispuestos, de ningún modo íbamos a entregar al trabajo esta única vida de que disponíamos. No acabábamos de ser adultos (en términos de responsabilidad nunca íbamos a acabar de serlo) y estábamos prolongando demasiado la prebenda de ser unos críos, pero nuestra comprensión del mundo pasaba por rechazar las estipulaciones que nos iban siendo legadas.

El Gero tenía muy claro que una de nuestras obligaciones era luchar contra el propio éxito. Combatir los propios logros. El temor al rechazo nos impedía dar con nuestra voz verdadera, hacer el mejor chiste, expresar el más atroz y valioso de los pensamientos. Entendíamos que nuestro contemporáneo era nuestro enemigo, pero que el miedo era en el fondo miedo a nosotros mismos, al propio reflejo en manos de una multitud llevada por las inercias y la conciliación. Nos aterrorizaba el gusto general, por definición sometido a estándares (nuestro vestir de negro era negarlos, vestir de negro era poner fin a todo), donde para ser reconocido era necesario diluirse, ser prescindible, adocenarse ideológicamente. Eran, aquellos como estos, tiempos ideales para la mediocridad. Ganancia para quienes desprovistos de talento y sin nada que objetar iban servidos de jeta o de un poco de ingenio. Nuestra prioridad era ir detectando individuos, averiguando disidentes, burlándonos de nuestra época y eludiendo la trampa de la comodidad material. Y cantábamos: «Porque seremos cientos por cada uno de los vuestros».

Para empezar éramos tres, pero incluso juntos nos íbamos a quedar solos. Cuando bebía, Clara dejaba de escucharnos y le iban clareando en la mirada dos cosas: el abandono y el desafío. Una simultaneidad que pierde y arruina y derrota a los hombres, en ocasiones para siempre. Aunque no era algo que habláramos, cuando el vino se le ponía en los ojos el Gero y yo sentíamos su coño como un astro, centro de gravedad y simplificación del mundo. Éramos sus súbditos y sus deudos, cada vez que se reía quitaba siete años del mundo y al cabo del rato (poco rato, cuando aquellos bares que no cerraban nunca ya iban a cerrar) bostezaba con la misma gracia, dándose toda, espantando a la muerte. Clara caminaba sin levantar casi los pies del suelo, parecía desplazarse y en ello lograba templar el tiempo ajeno, ralentizaba el paisaje. Los tres dejamos de vernos hace mucho.

De aquellos días recuerdo sobre todo lo que entonces todavía no estaba en mí, lo que todavía no sabía. Hoy ignoro qué lugar puedo estar ocupando en una supuesta estructura social, no sé bien qué hago aquí ni me lo quiero preguntar, pero entonces sabía que todo iba a ir bien. Entendía que no había otra posibilidad. Ah, ¡la nostalgia ya no es lo que era!

Años después, aunque todavía no había llegado la edad de oro de las series y las plataformas de contenido audiovisual, el Gero advirtió que estaba llevando una vida de resignación. Tenía un trabajo decente como docente (perdón por esto, así son las cosas) y una mujer oí decir que sensata y buena como mujer suya y en tanto que individuo, como persona. Dudo que hubiera llegado a adquirir alguna de esas abstracciones criminales que llaman productos bancarios, pero todo es posible, trato de buscar razones.

Al parecer, una noche oscura condujo hasta las afueras y detuvo el coche en mitad de una carretera de camiones, apagó el motor y las luces y allí esperó sin soltar el volante. Nunca obtuve los detalles, pero lo he figurado siempre empotrado en los bajos de un tráiler. Al futuro puedes ir yendo o aguardar que venga él, ese es el tema.

Ahora el agua atareada sobre el paraguas de nailon verde que sostengo de camino a la casa de los caracoles me habla de aquellos miércoles con el Gero y la Clara. No estoy seguro de si el presente me puede estar siendo desfavorable o si esta lluvia que seda la ciudad es inoportuna, como por tradición se interpreta, pero sé otras cosas. Sé que existen los pensamientos secretos, pero no así los pensamientos prohibidos. Eso pienso.

Me desplazo contra el viento para no entregar mi rastro, para que mis conciudadanos no puedan detectarme. Verme no me ven, no ven nada. En Tamarit con Entença me descubro y me mojo la cara para localizar el balcón del apartamento de estudiantes, y reposo la vista en la fachada y recuerdo el piso y llamo al interfono y pegando la oreja trato de escuchar la condición humana.

MI TREN HA LLEGADO PASADA LA MEDIANOCHE. Lo bueno de una ciudad es que está siempre en el mismo sitio. Días después giro la llave en el bombín y oigo voces en la cocina. Uno que canta. Al parecer, me dejé la radio encendida, pero por lo demás está todo en orden. Paseo la mirada sobre las cosas con intención de recobrarme en ellas. El diccionario de Cirlot permanece arriba en la pila de libros (debajo está *La fuerza de su mirada*), las amígdalas que soñé siguen sobre el taquillón (dibujé el sueño) e incluso estoy yo en persona rotando en cuclillas sobre la silla del despacho. Ergonómica y su puta madre. Ahí creo verme.

Cuando viajo pienso también en los que no viajan. En los que se quedan. Con el tiempo he llegado a la conclusión de que esa y no otra es la perspectiva que te da el viaje, que es en sí un lugar de anunciaciones. Viajo, pero al fin y al cabo voy conmigo. O sea, que sigo aquí.

El caso es que ya estoy en casa, lo cual no quita para que lleve lo que va de año desorientado. He pasado meses de aquí para allá pisoteándome la sombra. Entiendo que para ser fiel a la vida, para honrarla, sería preciso emborracharse, tragar fuego, hacerse polvo, transcurrir devastado en lugar de darse a estos maquinismos de la conducta.

Existe una alternativa estacionaria que consiste en contemplar la meteorología (no perder de vista la posibilidad de precipitaciones), cantar leyendo subtítulos, mirar *stories* o apilar frutitas en el móvil, como lo enuncia mi amigo Sergi, tomarse tres cañas medicinales después del trabajo para subir a casa aturdido (para soportarlo) y comprar lotería con regularidad, una curiosa sublimación, esto último, del deseo de que por favor no ocurra nada nunca. Y luego están estos necios de clase media que corren por la calle embutidos en colores fluorados. ¿A dónde se dirigen? ¿Huyen de sí mismos? ¡Salen a correr con ánimo de desandarse! Por lo menos no están escribiendo novelas. Yo tampoco lo hago: aquí no hay ningún personaje con voluntad propia, aquí solo estamos nosotros.

Todas esas prácticas de vida en curso puede que respondan a la teoría del *perpetuum mobile*, según la cual un impulso inicial sería suficiente para sostener el funcionamiento eterno. O tal vez esos ciudadanos están observando la imprudente táctica de la encina, donde se sugiere que, si te quedas quieto, es posible que el toro no llegue a verte. Ambas cosas son la misma. Por mi parte, busco una euforia a la vez que la doy por perdida. Escribo con el afán de llegar a término, de atravesar la vida entera y de culminar el tiempo que me corresponde. No es más que un impulso de estar completo. Una noción masturbatoria, mecánica de pajillero. La idea es engullir la propia biografía como quien hace el armadillo y se chupa la minga. «Yo me mando», dijo Manolete. Algo así.

Si quisiera mostrar consideración y respeto por la vida cerraría todos estos libros y procedería a la propia aniquilación, me cuestionaría todas y cada una de mis certezas, me emborracharía otra vez, dejaría de juntarme con quien no debo (conmigo mismo) y me asomaría a un culo como quien se echa al ojo un catalejo y avista tierra firme y tal vez virgen. Pero me pueden los signos y los vocablos y el culo y el catalejo me llevan a la mirilla de la puerta, que en francés se llama judas. ¡Qué bonitas las palabras! ¡Qué importantes y qué divertidas!

No se me ocurre nada más pertinente sobre lo que escribir, no creo que exista, cualquier otra temática es andarse con rodeos porque es en los culos de las mujeres donde se posa el lenguaje y donde mejor descansa la mirada huérfana y preocupada de los hombres. Más allá del deseo que promueven y del carburante precioso que suponen para la existencia colectiva en curso, los culos poseen la virtud de renovarnos la mirada, de devolvernos la maravilla, nos instalan en lo fundamental. Un culo es ensueño y es también teorema. Es monólogo y es silencio de misa. Si le queda dentro un dedal de ternura por la vida, un algo de esperanza, hasta el más atribulado de estos animales erguidos que somos detendrá por un momento aquello que le ocupa para mirar un culo que se desplaza como un planeta infantil siguiendo su órbita, un culo cualquiera que pasa y que al pasar se está yendo para siempre, que se extingue y nos desdicha mientras le imploramos: ¡Soy todo sí!

Y después nada. Después del culo que centra el mundo cualquier idea es una falta de humildad. Después del culo no hay nada, acaso paliativos; la camisa floreada que me obsequió Pilar de su vestuario, por ejemplo. Una blusa ligera y magnífica que ahora desabotono de derecha a izquierda porque es de mujer, aunque en realidad creo que lo hemos entendido todo mal y que son las camisas de hombre las que se abotonan contra natura, supongo que porque hubo un tiempo en que nos vestían ellas.

Ahora me desvisto yo mismo en persona y tomando una curva narrativa inesperada me meto en la cama. Dormiré con una barba postiza para que nadie me moleste. Antes hojeo un tebeo de Carlitos y Snoopy que incluye un epílogo donde se cuenta que Schulz dibujó diecisiete mil ochocientas noventa y siete tiras de los personajes. En una de ellas, Linus le explica a Lucy que cuando come tostadas no oye nada porque le hacen eco dentro de la cabeza. «En realidad es muy tranquilizador», añade. Apago la luz con la mirada fija en el vaso de agua que descansa en la mesilla y advierto que lleva dentro una tormenta.

No es cuestión de adelantar acontecimientos pero pido perdón por lo que escribiré a continuación. Pido perdón por lo que voy a escribir a lo largo de los próximos meses, de los años por venir y en el transcurso de esta vida entera, hasta que un día de buena mañana y de muerte natural (como si hubiera otra posible) me reúna con vuestros ancestros.

Y si pido perdón de antemano es para que nadie me venga con enmiendas. Entiendo que no es así como funciona, pero vamos a intentarlo, vamos a tratar de escribirlo todo, que no consiste en consignar todo sino en olvidar todo, en distinguir nuestros deseos, descubrir y conocer las fuerzas ocultas que animan el mundo y preguntarnos por los extraños lapsos de felicidad diáfana que actúan como combustible y que nos encaraman el vómito cuando la publicidad los reproduce.

Va siendo invierno. Hace frío y seguimos aquí. Hemos salido a comer como señores mayores pero la acústica del restaurante es desastrosa y pone al descubierto lo fútil, cuando no lo inoportuno, de nuestras opiniones sobre la actualidad. Se habla de todo y, como personas instruidas que somos, de todo de manera inexacta. Entre la sucesión de impresiones alguna suena acertada, como, por ejemplo, que el trato regular con personas que se desplazan en taxis puede hacerte propenso a esa cierta indolencia que las constituye. Eso lo dice equis desde su odio de clase, a lo que yo contribuyo con una frustración mía que es la de no haber sido arquitecto pero arquitecto humilde, especializado en espacios horizontales y subterráneos. Mi gran ilusión habría sido idear una estación de metro, concluyo, una guarida de dragones. O un cementerio o un estanque de tormentas. O tal vez una casa encantada o al menos dada al encantamiento, proclive al embrujo, un lugar en cuyos encofrados pudieran permear con facilidad los residuos psíquicos, con suelos que absorbieran las pasiones ajadas de sus habitantes, los miedos, la rabia, las depresiones, pero también el hecho de ser formidables. La arquitectura en general se equivoca, pensando espacios para vivir cuando lo cabal sería idear lugares en los que nos gustase morir.

En la calle, ciertas personas exponen su costumbre y la toman por pensamiento (e incluso por acción) prendiéndose a la solapa lazos de colores. Lo hacen según códigos que solo ellos conocen y que me traen sin cuidado porque tengo mejores cosas que hacer, entre otras visitar a mi sobrina Lucía, Lulú, mi primera sobrina, que estos días cumple cuatro meses en el mundo y ya sabe sonreír, se desarrolla como un dulce, la cubro de besos, la pienso creciendo y percibo cómo se difunde y se forja en mí un amor inexorable y categórico. Le comería hasta el mollete si no fuera porque lo rastreros que sois no está escrito, no merece escribirse, y sé que me denunciaríais ante vuestras autoridades por comerle el coño indudable, radiante y novísimo a un bebé precioso como es ella.

Observo a Lucía en sus raptos (Lucía, que se arrancó los ojos para no ver el mundo) y espero que de mayor tenga una sonrisa franca y a poder ser caderas de odalisca o de lo que ella quiera, que camine con garbo un tiempo algo menos estúpido que el nuestro (en el que haya muerto Oprah Winfrey, un agente de banca, la gente así) y que posea un temperamento capaz de fulminar cualquier discordia y un rango vocal de tres octavas y una existencia colmada de probabilidades, además del talento para no ceder a los miedos irracionales. Y que apenas sufra lo justo y bien. Que sepa sufrir. Sé que será mejor que nosotros, esta persona que ahora es una criatura algo abstracta.

Lucía se desarrolla a ojos vista y poco a poco va dejando atrás el misterio y yo me encuentro más o menos triste, un tanto irritable y guapísimo de cara, aunque en realidad no puedo más. Me asqueo. No me soporto. Todo está en orden. Soy un hombre contra un hombre.

Si te llevas este libro a las narices percibirás el olor del limonero. Abanícate con él y un enigma cobrará cuerpo en las inmediaciones, un aroma reventón a domingo perdido, a manual de escapista y puede que a vestido de novia. Son las tintas perfumadas que se han empleado en la confección. ¡Es el numen, que viene a paliar tu circunstancia!

Huélelo, cólmate los pulmones y aguanta la respiración.

Ah, no te esfuerces, no huele a nada, son tintas corrientes. Ahora sigue leyendo.

Llevo años sintiéndome estafado como inquilino y como operario. Mis clientes, que son también mis empleadores, me escatiman las retribuciones mientras mi casero me esquilma con la renta. Pusilánime como soy, mi única respuesta es ir tragando quina y arrogarme algunos de los comportamientos que encuentro más convenientes de las personalidades artísticas, como son la disidencia social y, hasta donde me es posible, el absentismo burocrático. A la hora de fajarme con el día a día prefiero hacerme el inválido y en relación a lo que se conoce como actualidad me declaro desertor. Eso sí, en último término mi ineptitud mercantil se me enuncia como alivio en casi todas las situaciones. Aunque pierda.

De haber amasado algún dinero, y tiempo he tenido, ahora me sentiría expuesto frente a la posibilidad de comprar esas habilidades o al menos pagar al mundo por las molestias que puedo estar ocasionándole a la buena gente, no a la gente buena sino a la buena gente, a la gente de bien, pero prefiero creer que manejo unos principios y me aferro enajenado a la mentira de que los principios no tienen precio.

El caso es que, entre que unos me lo quitan y otros me lo cicatean, no tengo reunidas ni trescientas pesetas antiguas, y así mis jornadas pueden resumirse en una expectativa perpetua atenuada por ocupaciones menudas, accesorias o parasitarias (traducciones, trabajos de edición, guiones, artículos para revistas y periódicos, pequeños ensayos, este libro mismo), y largos paseos de haragán que a veces se ven amplificados en viaje. Son deambulares sin rumbo y sin porvenir (a veces no sé si paseo o circulo) que emprendo una y otra vez con la vana esperanza de en algún momento perderme de vista. El resto es ensoñación, tiempo de lectura y manoseo. Finalidades, las justas.

Aunque lo necesito, el dinero no es importante para mí, y en esas dinámicas voy habitando el mundo de manera poco poética pero bastante placentera. A veces escribo un rato por ver si la métrica entrega alguna revelación, pero es leyendo donde suelo encontrar mi horma. Leer no es imprescindible, desconfío y me mofo de ese discurso, pero mientras leo estoy protegido.

Antes todo eran risas. Hace un año me diagnosticaron una enfermedad mortal y, pasto para el miedo, lo primero que hice fue comprar libros, libros y más libros, e incluso empezar a robarlos, algo que no había hecho antes y que se estableció como una costumbre que hoy sigo practicando, más por deporte que por mezquindad.

Mi principal preocupación en aquel momento fatídico no fue el más allá sino adecentar el más acá, nutrir esto, entregarme con las bragas limpias. Destruí todos mis diarios, capazos de correspondencia y toda la pornografía íntima, si es que eso no es un oxímoron, que con los años y las complicidades de algunas mujeres había ido acumulando, desnudos «artísticos» en la primera juventud, blanco y negro, luego ya tal.

En aquellos primeros días yo estaba por morir y de alguna manera quise poblar la muerte, adecuarme a ella, festejarla para no encontrarme en un páramo. Y el gesto automático ante la fatalidad fue ese aturdirme en lecturas y emparedarme en libros. Casi sin pensarlo me di a los cuentos de miedo arquetípicos. En los viejos relatos de Jean Ray, de Robert Bloch o de Hodgson me sentía un agente del otro lado infiltrado en esta dimensión. Su inmediatez y su bisutería resultaban perfectas para suspender el tiempo, que de repente se había hecho incierto y amenazaba con agotarse, y buscarme en otro mundo. La fantasía, a fin de cuentas, es el medio que tiene la razón para esclarecer lo que la razón no puede.

La enfermedad irrumpe con la autoridad y el prestigio de la verdad. Cuando te ves atrapado la reacción es huir, tratar de escapar, y cuando eres presa de la realidad nada mejor que acudir a su fabulación, a momias, vampiros, aberraciones gigantes y seres de ultratumba. Entre ellos me sentía seguro, siempre había sido así. Me venían protegiendo desde crío y de nuevo acudí a sus faldas. Porque leyendo nada puede ocurrir.

Me resisto a permanecer en la realidad para que la realidad no pueda dañarme, pero de pronto, en el espejo, la mirada pavorosa y ávida de alguien a quien los cuervos (cuervos blancos, cuervos albinos) le han estado arrancando las cejas durante el sueño.

Acostumbrado a mí mismo, aburrido y exasperado, en aquella ocasión mi cuerpo decidió sublevarse, desposeyéndome de toda potestad. Se torció la vida. Yo entonces le cedí el paso en dócil cortesía, que el cuerpo mande sobre la mente, y con ánimo taurino lo entregué a la ciencia y tras un sinfín de perrerías me lo devolvieron sano y salvo, algo resabiado y ajeno al mundo, mi cuerpo aquel. Durante un tiempo, con la muerte dentro, llegué a disfrutar la sensualidad de la enfermedad y el dolor, su satisfacción, llegué a conciliarme con la amenaza, hasta que el cáncer fue vencido y el indulto partió la trama de mi vida en dos, como el calendario romano el mundo.

Durante el año de convalecencia, transido de inquietudes de orden práctico, mi cuerpo batiéndose contra el tiempo, viví prácticamente de la caridad de mis padres. Nunca he tenido ahorros ni creo que los vaya a tener jamás, dada la humillación que gobierna la parte financiera del oficio de escribir. El único dinero que tengo es el dinero que tengo, no tengo más. Esto ha sido siempre así. El dinero desempeña en mi vida una función arbitraria de subordinación, me somete tanto en su falta como en su comparecencia, que es caprichosa y de ningún modo responde a mis esfuerzos, a mi capacidad de trabajo o a idea alguna de justicia. «Estoy muy sin dineros», escribía Cervantes en una carta. ¡Qué riqueza, escribir así! Leo eso y ya he comido.

Con el tiempo y la experiencia he comprendido que en el mundo solo han de tener dinero, además de algunos devotos de la majadería humana, los que ya lo poseen, pues esa es la única manera de engendrarlo, y estos raramente llegarán a entrever lo indebido de su signo. El dinero es la única sustancia absolutamente impune de este mundo, pero no quiero hablar de eso. Voy a seguir escribiendo.

A este lado del umbral, doce meses después, reparado y voraz, busco con mi boca el molde de la suya, de su cuerpo entero, me siento eléctrico en una mujer. Ya no sé de qué voy a morir y creo que podría matar, o es que solo en esa idea puedo expresar que soy otra vez legión, que mi ideal es la voluptuosidad intelectual porque en ella es donde anida la erótica, todas las eróticas, y que mantengo intactos mis poderes psíquicos aunque todavía me cuesta un poco pensar con claridad.

Echarse la muerte a la espalda, como arrugar un plástico con ese sonido de arrugar un plástico que no siempre existió en el mundo. Y en adelante voy a vivir, aunque mientras escribo esto todavía no puedo saberlo, dispuesto a irme en cualquier momento.

Pero vosotros no dejéis de seguirme la corriente, vuelvo a echaros el lazo, no olvidemos que cada una de estas letras ha sido impresa con fragancias del trasmundo para hacer de las palabras materia. Recordemos que el hombre todavía no ha inventado un arma más hiriente que la palabra. Parecería conveniente, por tanto, ir prescindiendo del lenguaje, trasladarnos a un sitio anterior, hacer de todo algo semejante al sexo, ese lugar donde lo sucesivo se hace simultáneo. ¡De cada momento, combustión! Pero no somos jipis, somos personas.

Y esta es la calderilla mental con la que enredo un día tras otro. Un runrún que no sé detener, escondido tras el cuello levantado del abrigo, las manos en los bolsillos y marcando el paso mientras espero el semáforo. En la acera de enfrente han abierto una sucursal de un banco que trata por todos los medios de no parecer un banco, será por algo. Al otro lado de la plaza descubro una peluquería llamada así: «Nueva Ilusión». Y nadie atiende, pero a mi derecha alza el vuelo un pájaro con un sombrerito. Nadie atiende y un hombre solo no es nada, pero yo lo he visto, un pájaro común llevando un sombrerito.

Nadie va a salir de aquí con vida. Cuando llego a su estudio, mi amigo Alcolea me saluda con una salva de estornudos. Alcolea hizo mucho dinero el año pasado vendiendo fotos de una compañera de la uni que después se hizo princesa. Se casó con un notas de la realeza británica y se alzó en princesa, y a Alcolea, que hace treinta años que no la ve, esto le vino muy bien, le resolvió la vida, la muchacha aquella.

Bajo al metro sin destino claro y llevando en brazos un bebé que no me pertenece. Se trata de cuidarlo durante todo el día, pero es una pantomima de objetivo inverso: la cuestión es que me proteja él a mí.

Es media mañana y la gente se desplaza atrapada en sus móviles. El hecho de que ese artefacto infernal contenga mapas, enciclopedias, recetas de cocina, predicciones meteorológicas y sobre todo nos dé la hora lo ha convertido en algo confiable. De vez en cuando alguien levanta la mirada olvidadiza y sin comunicación que se usa entre la multitud y consulta el recorrido, el gusano de pilotitos rojos. La principal ventaja de la urbe es el movimiento perpetuo. Aquí estás solo. Se equivoca quien pretende aislarse yéndose de la ciudad al campo porque es justo al revés como funciona. Las ventanas negras en marcha, que son ventanas a la nada, me devuelven mi espectro, mi yo intuido, un recuerdo de lo que soy, una hoja de lechuga en un charco.

«Buenos días, ¿ocurre algo en el vagón?», pregunta una inesperada voz de mujer. Ahora todo el pasaje me escruta, y devastado, apestando a recién nacido, balbuceo a la pared mi circunstancia: que estoy esperando una llamada pero que no tengo cobertura, que la vida del urbanita me resulta inmunda y que pese a mi edad ya madura, mi edad de sobra y mi edad restante, todavía no sé qué voy a ser de mayor, si acaso un día voy a ser otra cosa, algo que no sea esto.

Después de una pausa, por limosnear retorno, arrimo el hocico y compongo una pregunta: «¿Quién nos va a creer cuando se extingan las cebras?». «De acuerdo», vocaliza la mujer metalizada… «Traten de no apoyarse en el botón de emergencia». Y tras un instante de apreciación indolente de mi persona, sin que el suceso obre ninguna alteración en esa luz de nadie blanca y ordinaria, ni una sola sonrisa, la peña vuelve a zambullirse en sus terminales.

Prosigo trayecto abrumado por el mal de amores, que es una problemática impracticable, perdida de vocales plenas y de pronóstico fantasmal. El tema de fondo es siempre el hambre. La carencia, la necesidad y la falta. Siento una pena honda y me aferro a aquello de Proust tan citado: que el dolor es algo que se extingue más completamente incluso que la belleza, sin dejar rastro, hasta el punto de que una vez desaparecido no vamos a ser capaces de recordarlo. «True Love Leaves no Traces», cantaba Leonard Cohen. Esto en mí nunca ha sido efectivo, nunca he permitido que opere el olvido, no puedo darme ese lujo porque la mera idea de una nueva decepción me aniquilaría, así que tenderé a modular el dolor en resentimiento para así fijarlo. Atesoro mi dolor, lo protejo para que siga intacto porque sé que despierta a cualquier roce, y como para mantenerme en semejante majadería necesito darme una excusa, me doy esta razón: que olvidar mi dolor me pondría en la situación monstruosa de no comprender el dolor vuestro, de los demás.

La mirada se me adhiere al linóleo de color. Los vagones de metro, con sus compuertas, sus engarces y sus articulaciones, son las estancias con un enunciado más próximo a la imaginería de la ciencia ficción. En ningún sitio hay tanta gente y menos humanidad. Recuerdo que mi cerebro vive completamente a oscuras, atrapado ahí dentro, revestido de hueso, rumoroso en mi interior. Me recobro cuando entra un mensaje de César: «Un día nos va a dar algo y nos recogerán los de las basuras».

Y así, entre el ponte bien y el estate quieto se me va yendo otro día, machaco las horas, una jornada más que en el recuerdo tomará el aspecto de una delicada acuarela en la que se representase la escena de un crimen atroz. Creo que nunca había sufrido tanto, o tal vez me esté siendo difícil recordar el dolor anterior. Siento la pérdida amorosa como una lucidez abrasadora. La pérdida que es un telón que se abre, porque más que el dolor de la desaparición opera en mí el fraude, la decepción de haber creído. De ahí una denominación tan específica: el desengaño.

La razón, por su parte, se atreve a enfrentarlo todo, es una inconsciente y pretende una respuesta correcta, no sabe que no la hay. Pero se requieren un sentido intuitivo y profundo del ser humano, un verdadero conocimiento del mundo y una filosofía fundamental para desplazar las poéticas a la parte baja del cuerpo. Es el dilema del centauro. Los artistas que trabajan con el torso, con la cabeza, con el corazón y con el cerebro deberían ser más prudentes, porque esos órganos están sometidos al decoro y pretenden dominio y juicio de la mitad inferior del cuerpo, de las mecánicas del vientre, los genitales, las ancas, los pies en el suelo y la urgencia de expulsar mierda que a todos nos atañe. La mierda intratable que nos avergüenza y en ello nos hace humanos.

Y de la noche a la mañana pasamos a ser estiércol y abonamos con nuestro ser un parterre, puede que un balconcillo sevillano con todas estas inquietudes, ahora clavelitos. La muerte no es más que una transformación química. La razón no tiene nada que hacer frente a las leyes idiotas del cuerpo. Cuerpos que en putrefacción, cuando sean fiemo, podrían alentar un bosquecillo de cipreses, que son árboles de cementerio porque disuaden a las ratas, que también tienen sus gustos.

Pasan las horas. Barcelona se me hace familiar en el pavimento, andándola, en los árboles quietos de camino a casa y en las dimensiones que le conozco a la ciudad, en las medidas que más o menos le tengo tomadas después de tantas noches imprevistas, unas morosas y otras oferentes.

Mira, en ese portal guerreamos tú y yo.

La noche de hoy volverá a ser fin de semana en los bares del centro. Noche de la carne en la que comparsas de estudiantes, oficinistas y trabajadores se entregarán a estándares de mercado, ritmo y conducta. Hombres y mujeres indistinguibles que se olisquearán, celebrando la tribu, para terminar violentándose de una forma u otra. Cosa suya. Lejos, el agua dulce talla las montañas buscando el mar.

Aquí la niña se ha dormido de tanto reír y yo trato de escribir sentado sobre mis manos, que es la postura en que más cómodo me encuentro, pero la ocurrencia se queda en propósito porque no soy capaz de abstraerme, no puedo servirme, no tengo herramientas. ¿Cómo voy a escribir así? ¿Cómo voy a escribir esto?

Sé que hay un lugar en mí, una partícula o un instante, donde soy yo todo. Donde nada me hiere, el mundo exterior no puede conmoverme y la estupidez humana, que es la mía propia, no alcanza a mojarme los pies. Un punto exacto invulnerable sobre el que replegarse cuando arrecia. Es solo cuestión de hallarlo.

El reloj de plaza Universidad señala la medianoche y un autobús nocturno exhala su respiración de cetáceo.

Me gusta imaginar que suceden cosas, que una vibración remonta la ciudad y que se dan leves y prodigiosos cambios mientras la gentada duerme, cuando empieza el turno de los individuos.

¿Cuánta gente se ha salvado hoy en la ciudad? Dicen que en Barcelona mueren entre cuarenta y cincuenta personas al día, pero de la noche no dicen nada. La noche es mi privilegio. Sé muy bien que la noche tiene derechos adquiridos sobre nosotros, pero mi sensación siempre fue que me ponía en mi lugar, que me componía un poco el pensamiento. Cosas de lunáticos. La noche es una niña que no quiere bailar, escuché eso en alguna película.

Cae la noche, se dice, o se extiende, como un telón, pero en verdad no cae nada, así que salgo a rondarla agradecido, xino xano (un lechoncito trota a mi vera), y le concedo el alba como desenlace, si bien esta vez no me quedaré a esperar porque mi oficio nunca concluye, no existe, no distingue esas geografías del tiempo.

Aunque esta noche me iré a dormir pronto, en cuanto refresque (llevo una bufanda en la mano), el precio a pagar por este continuo es la soledad. Escribir es estar solo, esto se ha escrito mucho y se seguirá escribiendo porque es un grito de socorro y a fin de cuentas para eso se escribe, para mantenerse a flote. También se ha escrito que el acto más solitario de todos es la mirada. Aquí caben matices, esto se puede ver de otras maneras. Un tío que mira puede ser un dibujante, por ejemplo, un paisajista. Un escritor, en cambio, aunque también puede ir por ahí tomando apuntes, es antes que nada un tío que tiene un pozo.

Esa distinción entre el dibujante y el escritor la hacía la otra tarde Ramón, que es bailarín pero también dibujante, y aunque no ahondó en ello se me quedó lo del pozo, lo entendí muy bien. Vi la polea, el fondo (na, el fondo no lo vi), vi la sed y el misterio, el aparte y el acarrear. Si aceptamos que un escritor es algo parecido a un torero, el toro sería el pozo, al toro siempre lo he entendido un pozo o un túnel recortado en el paisaje y al torero como alguien que se empoza, una persona sin remedio. Pero un escritor es, también, un tío que tiene un cofre, y dentro del cofre hay una llave que es la llave del cofre. Un bailarín sería otra cosa, es un tío que se despereza, alguien que se convierte en lo que está expresando y en ello se hace mirar como la pelota que en el tenis rapta a los espectadores, la bola aquella amarilla repeinada de velocidad que hace siglos se confeccionaba con la piel de las ratas.

Yo al tenis siempre llevo un cuadernillo por si hay que anotar un tanto o una impresión, tal vez una idea abstracta, pero lo uso poco porque hacerlo te asimila a un guardia urbano, según cómo a un delator. Te excluye. Y porque tampoco he ido nunca al tenis. Si saco el cuaderno es como eventualidad fortuita, buscando otra cosa, y le añado gestos, lo maltrato, me rasco la nuca con la culata del bolígrafo para desplazarme a otro oficio y al final, azorado, desecho la pijada que iba a escribir y termino inventando un garabato, dibujando a Divine o un perro chico o anotando que tengo que comprar plátanos. Y me sacudo la libreta en el muslo y me la guardo en la buchaca y la siento como un noray, que es una palabra que tierra adentro se desconoce, pero que viene muy bien para amarrar las desesperaciones.

No siempre funciona. Mi paradero ahora mismo, sin ir más lejos, es del todo incierto. ¡Mi paradero sin ir más lejos! En fin, sigo el rastro de mis pasos, el presagio de un rastro, y creo que estoy en Barcelona, aunque hace poco estaba en Madrid. Allí no me dio tiempo a nada, pero ya sabía a lo que iba. En cuanto llegas a Madrid eres de Madrid, esto es verdad, aunque a veces pasa que luego tienes que irte.

Madrid lo compré en 1990. Se lo pagué al contado a un taxista la primera noche que llegué a la ciudad. Yo viajaba desde el sur, el día entero de un tren a otro, península arriba, y aquel hombre me hizo el gato y me llevó en su taxi de Atocha al Salón de Reinos (en cuyo sótano, supe después, habría de vivir un año) en un trayecto de al menos tres cuartos de hora. El rodeo, de escándalo, lo descubrí al día siguiente, deambulando solo y medio ciprés, abatido y tratando de dejar atrás aquella noche aciaga en la que finalmente acabé durmiendo en una cama provisional, un lugar que recuerdo con entrada de carruajes, antiguo y hermoso, en la parte histórica de la ciudad (tal vez dormí allí también las dos o tres noches siguientes; dormí bien, mal no dormí), y que nunca después he sabido localizar.

Para mí Madrid es muchas cosas, un sinfín, porque al no tener costa es una ciudad que solo puedo entender desvaneciéndose, haciéndose imprecisa en periferias discutibles y mal urbanizadas. Madrid es una ciudad impeorable, tanto como odiosa es Barcelona. De ambas me gusta todo.

De Madrid me gusta que se hace mucha vida en la barra, algo que cuando se intenta en Barcelona no resulta y da lugar a una danza mortecina, a unas torpezas, no nutre. Madrid, al no tener mar, lo que hace es beber mucho, y así las conversaciones se dan de pie, llenas de gesto y vivencia, un poco simuladas. En Madrid los problemas revolotean en torno a la barra con nervio de gorrión y como tales terminan posándose en otra parte, no cuajan como tragedia y se quedan en dramas mesetarios de poca importancia.

El gorrión es el pájaro más próximo, el animal más mío. Los gorriones, su conducta, fijaos en ellos, son lo más parecido que conozco a mi pensamiento, a esta mecánica. Pájaros que solo comparecen allí donde hay presencia humana.

Todo eso lo escribo en Madrid. Aquí en Barcelona, en cambio, las problemáticas son más del tipo vencejo, pájaros que cuando dan en el suelo ya no saben volver a alzar el vuelo y son pisoteados y dejan el piso hecho un desaguisado de plumas y sangre pequeña.

En Madrid, si se hace de noche, termina uno cenando algo, pero en principio no se ha salido a eso y lo más probable es que se nos haya echado la víspera encima. En Barcelona, si salimos a cenar y nos sentamos a una mesa voy a preferir estar en otra parte porque ahora mismo hambre no tengo mucha y a fin de cuentas entre tú y yo hace ya tiempo que no existe el pánico escénico. Esa al menos es mi experiencia metropolitana, una bobada, atiende qué noche.

La luz de Barcelona es imbatible incluso cuando declina, en eso no puede competir con ella ni Finlandia, menos todavía Madrid, que tiene la luz fatigada y dura como podría explicarnos cualquier fotógrafo que estuviera de acuerdo conmigo. Barcelona, ciudad de flores y libros protegida de los vientos del norte, es una ciudad muy bella. Madrid no es tan bonita pero es también muy hermosa, porque a fin de cuentas lo bello es lo contrario de lo bonito. Lo bonito es cosa de idiotas, esto lo decía algún ruso, que a un idiota se le reconoce antes que nada porque le gustan las cosas bonitas. El gusto por lo bonito sería lo opuesto al buen gusto, pero en realidad qué sé yo, está amaneciendo, ¡termina aquí mi problema y empieza el vuestro!

Llevo en la bóveda del paladar el segundo vals de Shostakóvich, que se ha metido ahí por su cuenta y ya que estaba me he puesto a restituirle el lustre, a rescatarlo del mundo y del batir del tiempo, y así al trote vamos echando la tarde un tanto miserable porque tampoco me conozco la pieza entera.

He empezado a apagar ya todas las luces de nuestra casa. Riego las dos macetas del balcón para que a su debido tiempo liben de sus flores los insectos y así sentir que hice mi contribución. Mientras derramo en la tierra el agua de un vaso grande recuerdo que hay en ti cosas que solo están en ti. Cosas que no había visto antes en otra parte. Desemboco en que ahora el mundo es todo viento, que está lleno de viento, y lo digo así porque me exalto, son las manos y sus incógnitas, pero quiero decir que está lleno de nada, vacío, no se puede decir mejor y otra cosa es repostería literaria, un buñuelo, pamplinas.

El mundo es un salón de baile deshabitado, con su pasamanería y sus espejos amplios al fondo de la realidad, más bien contestaciones a la realidad. Depósitos mudos de réplicas, de introspección y de secretos. Un espejo lo puedes poner bocabajo pero el mundo que contiene caerá de pie, permanecerá inmutable, no hay escapatoria.

Deambulo dentro de mi cabeza hasta extraviarme y entonces salgo a caminar.

Tomo café con Irkus, que es un tío afable, de una dulzura desmañada y singular como su propio nombre indica. En un pequeño horno del barrio nos han servido unos cafés cortados en vasitos de cartón y los hemos llevado bajo control, sin azúcar ninguno, despacio o al menos sin apresurarnos, como si llevásemos nitroglicerina, a una plaza próxima donde jugaban niños a no sabemos qué cosas. Allí hemos pasado un rato charlando de otras personas, de otros tiempos y de algunos lugares, hablando cada uno de sí mismo a través de ellos. Mi sensación era que estuviéramos en ese parque solo nosotros y los niños derramando sus diversiones, Irkus y yo y los niños, pequeñas deidades alborotadas a nuestros pies. No consigo recordar ningún otro adulto en los alrededores, pero es evidente que se trata de una omisión por parte de mi yo desubicado estos días.

Al terminarse el café, que era espumoso, Irkus ha pasado la lengua por el interior de su vaso de cartón y ha determinado que la primavera está a punto de hacerlo todo un poco más grato.

Muy cerca, en la filmoteca, ponen *El quimérico inquilino*, una de las películas que más veces he visto en mi vida. Por salir de aquí me he metido en la sala, por salir del mundo, y con la identidad por los suelos he vuelto a entregarme a ese relato espantoso sobre un individuo que es desalojado de sí mismo. Aunque tengo la peli un poco gastada y le conozco las flaquezas, de nuevo me ha sorprendido el regocijo que me producen algunos de sus pasajes. Quizás tenga que ver con que los locos, en las ficciones como en la vida, atraviesan la historia llevados de un sentimiento de alegría muy grande, insoportable, casi lacerante.

El loco lo es porque no se atiene a las normas, porque todo en él es invención, aunque a veces se siente lleno de pensamientos que le impiden pensar, de ideas que no son suyas y de informaciones que no le pertenecen. El loco está autoposeído y por tanto en soledad perpetua, aislado del resto, en desconexión, y tal vez cree que el truco es pensar siempre al revés, pensar lo otro, lo opuesto, y así le va.

El loco, que dentro de sí no tiene sitio para todo, empieza por pintar las paredes de su celda porque son el lienzo que tiene a mano, el paisaje a intervenir, pero pronto pasa a emborronar papeles ya que esa es la única manera de traspasar los muros que lo frenan, que suelen ser los del tiempo, el ahora. Creo que lo dijo Chesterton, tuvo que ser Chesterton, que el loco es el hombre que lo ha perdido todo menos la razón.

El loco. Ahí lo tienes. A mí no me mires. En los tebeos se los representaba tocados con un embudo, un utensilio de ida y vuelta, una imagen llena de sentido y con el poderío del objeto encontrado que probablemente venga del Bosco. Después hay quien los ha pintado con libros abiertos en la cabeza. En cualquier caso, el loco es un tío arañado por la luna, impar, un hombre lobo, una criatura transitoria. «Están ahí fuera», esa es la frase que abre *Alguien voló sobre el nido del cuco*, un libro que tengo aquí dedicado.

Qué más. Sí, que la vida sigue incluso después de los acontecimientos más singulares. Esto estaba en Proust. En Proust estaba todo, claro, se tomó su tiempo, digamos que se regodeó en las marismas de lo fehaciente, que se armó de paciencia y vareó el mundo y recogió todo aquello que decidió caer por su propio peso. Hizo bien, las obviedades conviene recordarlas porque su propia transparencia las oculta.

Con la música a otra parte, siguiendo la calle Sepúlveda, en la boca de un garaje una niña sostiene una bolsa llena de uvas magníficas como ciruelas y ensaya una coreografía yerma frente a los faros de un coche. Se diría un insecto importunando a un caimán. Ella figura que baila mientras su padre trastea en el maletero. Cuando rodeo el vehículo, un fulgor en el retrovisor me lleva la mirada y me recuerda que un pedazo de espejo también sirve para orientar el sol y prender el fuego del sacrificio. ¿Qué quiere decir esto? No tengo ni la más remota idea, pero quizás trae acervo, viste, interesa o despista.

Al final de la calle, para eso están, advierto una pareja de personas con chalecos de alta visibilidad.

Hoy no hay nada, hoy todo son citas. Lo contrario del sacrificio ha de ser el egoísmo, ¿es así? Terminaré con Georges Bataille antes de que un meteorito acabe conmigo. En 1942, en lo que sería *El culpable*, escribía:

«He consultado ayer un diccionario, queriendo conocer la altura de la atmósfera: la columna de aire cuyo peso debemos soportar no es inferior a diecisiete toneladas».

Annette ha estado diciendo a los vecinos del callejón que la pareja joven de arriba se mudaba y que se quedaba el apartamento un amigo suyo homosexual, alguien que por lo visto soy yo. Al parecer, la vieja pintora tiene estas cosas, fantasea, no se contiene y acaba por especular.

Esta noche encontraré en la puerta una nota suya en la que se dirige al Duque para pedirle, una vez más, que desista en la sublimación de esos combustibles tóxicos que le generan jaquecas. Así lo expresa. Que abandone sus labores de destilado, le solicita Annette al Duque con caligrafía de mucho carácter, y lo hace por enésima vez.

El Duque no sabemos quién es. Se conoce que se trata de un fantasma que habita o frecuenta este apartamento que me han prestado Txell y Clément, donde también rondan ratoncillos que me llevan a canturrear en la ducha, cenando junto a la ventana, la vista a lo lejos puesta en la torre Eiffel (el cielo blanco de París, esto lo supo ver Gimferrer, aunque ahora sea de noche), y hasta momentos antes de acostarme, mientras escribo esto en un cuaderno verde que me he traído nuevo de trinca. Si dejo de hacerlo, la casa volverá a ser de ellos. Si dejo de escribir o si dejo de canturrear, ahora no lo tengo claro.

Curioseo los libros de Clément (no esperaba que Léo Malet hubiera escrito poesía), los ojeo caminando el piso, que tiene alma de desván. Podría estar muerto y enterrado y sin embargo estoy aquí leyendo un poema en prosa sobre un inspector de policía que recibe por correo ordinario el corazón admirable de una mujer que predecía el futuro. A los lugares con libros los suele impregnar una piedad y un misterio que dichos así suenan eclesiales, pero que se refieren al trato y a la amistad que procuran. Abro páginas al azar y leo y camino este apartamento desvencijado en lo alto de la ciudad y hago crujir todo el cariño acumulado en este parqué (¿esto es parqué?, diría que esto es madera, creo que no sé exactamente en qué se define el parqué), digamos en este suelo de madera borracha de cariño.

Abajo, en el vestíbulo que arremolina y de súbito pone a bailar unas florecillas azules pisoteadas que entran porque no hay cerradura, porque la puerta está siempre abierta, y que podría barrer pero no, duerme abandonado un viejo caballo balancín forrado de felpa. Tiene la crin enmarañada y le imagino paja en las tripas. El tiempo lo ha hecho intocable.

Me ha costado subir hasta aquí la maleta y ha sido algo desconcertante descubrir que el apartamento cumple todos los tópicos románticos: claraboyas, vigas de madera rústica y la iglesia de Ménilmontant a tiro de piedra. Luego, paseando atolondrado bajo la lluvia (que aprovecho para llorar, todavía tengo el corazón roto), conoceré la de Belleville de San Juan Bautista, formidable, abarrotada de tiempo y densa de color en sus rincones, llena de sillas y vacía de nadie, fatigada y antañona pero muy satisfecha del uso que se le ha ido dando. Algo hará conmigo ese lugar. De allí saldré prendado y llevando en el bolsillo una vela votiva que todavía no he encendido ni sé si lo haré nunca.

Arriba, anochecida la casa y en cuanto les doy la espalda, los ratones vuelven a corretear como personificaciones de la inquietud con que convivo, que llevo dentro. Desde la cama puedo escuchar sus patitas apresuradas como preocupaciones sobre la madera o el parqué del salón, no hace falta metáfora aquí. En la cocina y en torno a la librería hay distribuidas tres o cuatro trampas de alambre y madera sin barnizar, ingenios clásicos cargados con pedacitos de dátil, ratoneras de la marca francesa Lucifer que en el lineamiento de cobre recuerdan enclenques máquinas del tiempo, y que ellos conocen y por lo general evitan, ya que son muchas generaciones sobreponiéndose a los hombres y mujeres que han ido ocupando esta casa en el callejón.

Como estoy de buen humor (hoy he sabido que los ratones en francés se dicen en femenino y las ratas en masculino), antes de acostarme les he dejado una manzanita roja debajo del sofá.

Leo en la cama otro libro que he encontrado, uno de cuentos de Claude Seignolle. De él tuve conocimiento por primera vez hace unos meses, cuando murió. Supe de él por su necrológica en una revista de cine fantástico y ahora leo las historias que dejó escritas, un poco por presentarle respetos y un poco por curiosidad. Tiene títulos sencillos de los que me arrebatan: «El alma coja», «El baúl negro», «El milésimo cirio», «El segador», «¡Pobre Sonia!»...

Y en ellos me voy quedando sopa y mañana será otro día y en su transcurso conoceré brevemente a Meryem, una mujer recién entrada en los cuarenta como quien entra en la panadería, parisina de ascendencia bereber, puro espectáculo mamífero que me hará un café en su despacho y que cuando me vaya dirá, me dirán que ha dicho, que me encuentra un *charme fou*, y esa gentileza inesperada, esa prórroga, me recompondrá un poco, me sumirá en fantasías y bálsamos efímeros, cuestión de un instante, tengo que escribirlo, necesito recordarlo.

Bonjour, Meryem! Que si te vienes a la playa. Podemos comer un arrocito en Sant Pol, en la calle de la cuesta, y previamente un gazpacho de fresas. Luego compraremos una sombrilla en el bazar de los chinos y dormitaremos en la arena. Tengo una bicicleta pequeña, soy limpio y te leeré en voz alta hechizos de interés. Bailar no sé bailar mucho y la verdad es que tampoco me interesa, pero poseo una brújula y un cuadernito verde y siempre llevo conmigo un ramillete de clavos ardiendo. Estoy al borde de otro tiempo, Meryem, estoy a punto de caramelo (está loco), los días malos me muero a chorros pero hoy me encuentro fenomenal. Vente conmigo a la playa, morena. No hace falta ni que te cambies de ropa.

Algo más tarde nos enteramos de que en la ciudad habían tenido lugar unos atentados. Solo uno, en realidad, en pleno centro, que el miedo y el desconcierto amplificaron en resonancias, reflejos, docenas de malentendidos, pequeños accidentes y un sinfín de alarmas falsas en varios kilómetros a la redonda.

Falsa alarma, se dice, corrijo, no se dice alarma falsa. La fórmula correcta en este caso es falsa alarma y no por nefasto influjo anglosajón, sino porque al anteponer la descalificación se pretende atajar el pánico cuanto antes, por el amor de Dios, no tendría sentido gritar alarma para a continuación desmentirla, con el mal ya hecho y tal vez demasiado tarde. Falsa alarma, así se dice, tal vez se vocea, eso no lo tengo tan claro, dejadme en paz.

Saliendo del hospital, donde han operado a su madre de una rodilla (las operaciones de rodilla siempre suenan afectuosas tal que un médico con un martillo pequeño), Ferran me llama y me sugiere escribir el guion de una película. Me ofrece un dinero a cambio de una historia, la que me apetezca, un germen, algo con lo que luego él intentará seducir a socios e inversores de todo el planeta. Se me hace difícil. ¿Qué voy a contar? ¿Qué podría interesarme? ¿Los vampiros? Los vampiros me gustan. ¿Con qué cuentos podría encandilar a hombres adultos? Que se rían, que lloren, pero sobre todo que esperen, dice un viejo axioma del vodevil.

Corren los días y para mí es suficiente. En este momento no tengo enemigos. A lo largo de cada jornada se dan situaciones familiares, tiempo en fuga que ya conozco, que ya me sé y que parece necesario habitar de nuevo, una y otra vez hasta que se indique el cese. Tengo la sensación de comprender todo lo que nos inquieta y nos mueve a los hombres, no siento la urgencia de poner nada bajo la lámpara reveladora de la ficción.

Viniendo hasta aquí me he detenido delante del puente y lo he mirado como se mira una metáfora. Nada más que un puente, nada menos, y la ciudad gastada, en cada esquina un recuerdo, la memoria anegándola entera.

Mi cerebro vive una enorme actividad hasta el momento en que llega la chica que merodea estas líneas y tomo tierra en su presencia, me apeo en su figura, en lo que ella viene siendo para mí. Me gusta escribir su nombre porque en ello me siento niño, completo, absoluto un instante. Sé que un día me destruirá.

Ya. Hasta ahí, me dice. El tallo del narciso plantado en su culo. Su culo sostiene la flor mientras ella me pide un beso, me requiere al otro extremo de sí, tú desde muy lejos, tan lejos como a cuatro patas, echándote al lomo la civilización entera, y me dices y me cuentas las fatigas de tu día, tus enredos, los compañeros de trabajo, burgueses de imaginación breve sometidos a sus propias condiciones. Y tu piel se muestra intrigada en la parte alta de las nalgas, friolera y en reacción migrante hacia la nuca, el silencio del cuerpo dándose a ver.

No hay nada sistemático en esta tarde que quedará fijada como una gesta, nada premeditado en torno a tu culo alegre, tu culo enigma, espectáculo de la vida, transformación de los metales, tu culo sin esqueleto, desentendido de ti, tu culo mi hipérbole, ¡míralo! No puedes mirarlo sin darte la espalda, por eso te lo cuento, te explico el drama de tu cuerpo cargado de informaciones inútiles. Robert Walser, en la piel de un pintor, decía que las manos se le daban muy bien porque se sabía las suyas de memoria. Pero esto ahora no te importa.

A tu culo no le importa nada. Le da igual todo. En tu culo angélico (esto es falso) caben todos los adjetivos pero ninguno opera, ninguno resuelve. No hay nada premeditado en esto que hacemos ahora en tu cama, pero sí un rigor a respetar. Y arranco la flor y te morreo el culo como si en él fueras definitivamente.

Y tu cuerpo pasaje, monomanía, cuerpo propicio y tirano, tus dos nalgas predominantes, luz deliberada que no puedo mirar mucho tiempo. Tu cuerpo sociedad secreta, tu cuerpo tal vez tú, quizás tu tumba. Y luego, sentada en la taza, te das al apogeo de tu vientre mientras te inspeccionas las puntas del pelo.

Cuando el cuerpo descansa me llevan pensamientos livianos, de repetición. Dormito y te sueño y me agotas. Me despierto cansado de tanto ajetreo, me das tormento y yo lo tomo y me levanto a escribir en el cuaderno verde que en la puerta de casa se yergue un árbol muy joven, dúctil antes que perseverante, que se irá poblando y nos protegerá de un futuro en que no sabremos qué habrá sido de nosotros. Ahora podemos intuirlo, pero hay que recordar, porque el futuro también se recuerda, esto lo tenemos dicho antes, que para entonces lo habremos olvidado.

Y escribo a mano para que la escritura devenga dibujo, obstinación, para ver aparecer líneas antes que signos. No hay nada sobrenatural en los signos. Los signos son insignificantes, anoto. Miento en ello. Vuelvo a mentir. Sé que miento, pero lo escribo. Escribo esto y lo escribo así y lo doy por terminado y le pongo un título como quien le pinta un nombre de mujer en el costado a una barquita de remos.

Al presentador del telediario le brota un hilillo rojo de las narices. El parte del día se está poniendo perdido de la sangre de este mequetrefe pero nadie se inmuta, ni a él mismo le importa, ¿a quién podría importarle la sangre corriente?

En mi teléfono se manifiesta un hombre al que no conozco para informarme de que su esposa ha muerto hace diez días. De los papeles de ella ha colegido que en algún momento indeterminado su mujer y yo mantuvimos cierta intimidad. Mi reacción es atolondrada porque sus datos son inequívocos. Recuerdo aquellas dos noches y le envío un par de líneas incómodas, ¿protocolarias?, mientras trato de emplazar la mirada (la mirada de repente inhabilitada) en algún lugar alrededor de mí, sobre esta mesa llena de ofrendas a la que paso tanto tiempo sentado escribiendo cosas así, como esta.

La información, lo indeterminado, la intimidad, lo inequívoco, lo incómodo, la inhabilitación. Tanto prefijo se me hace inadmisible, pero ahí queda el brochazo de todas esas íes, estas palabras inoperantes que voy tecleando como sanciones. No debo ser obstáculo de nada, que se escriba lo que tenga que escribirse, pese a mí, por favor lo pido.

Lio ya no está en el mundo y su marido me contacta con una destreza inusitada. Se sirve de frases quietas confeccionadas como arreglos florales, flores espontáneas de la pena y de la intuición, y entiendo que su tacto conmigo ha de ser delicadeza para con la memoria de una mujer a quien ambos conocimos, yo apenas, aunque tal vez en su absoluto, y él del todo y completamente y de verdad y hasta cierto punto. Hasta este mismo. Cuando ella ha muerto y los indicios de un desconocido vienen a desovar sobre el cadáver un recuerdo nuevo e insidioso.

Me gustaría escribir que aquella fue la única vez que me acerqué a una mujer casada, pero no me lo permito porque no es momento. No quiero pararme a pensarlo y ahora mismo no creo merecer esa clemencia. No tengo derecho a disculparme escribiendo que aquella fue la única vez que me he permitido algo así, así que no lo escribo. Pero escribo que no lo escribo.

Me siento despreciable. Sé que la memoria se elabora. Camino pisando huevos entre mis recuerdos íntimos porque no quiero interferir en el recuerdo que ese hombre guardará de esa mujer a la que hoy llevo pensando todo el día, la tengo otra vez conmigo y no se la he mencionado a nadie, y aunque mi propia muerte me trae sin cuidado, me siguen inquietando la desaparición y el dolor de los demás.

Con el cuerpo ausente del que cruza la ciudad en transporte público reconstruyo mi breve encuentro con Lio y certifico que mi recuerdo es turístico incluso en los detalles. Es primero su cabello negro pluscuamperfecto, tan cuidado, y cómo olía, en un avión seis filas más allá, y aunque no se va a girar en todo el viaje creo saber qué está pensando, en absoluto qué pienso yo, aunque en aquel trayecto me estoy aprestando a ser aniquilado por esa mujer que me da la espalda. Y el avión, que en mi recuerdo se ha convertido en un portentoso avión de madera noble, se eleva y vuela y sube y baja y hace extraños en el aire y el resto de la cronología es un puñado de tópicos de saldo desde que una mañana de invierno se sentó conmigo al desayuno del hotel (tal vez nos habían presentado brevemente el día anterior, no encuentro ese momento, ni siquiera sé si los recuerdos, tan ruidosos en su silencio, son palabras o son imágenes), hasta que semanas después apareció debajo de mi cama este pendiente suyo que todavía conservo. Tampoco he olvidado que una vez, en el español extravagante y meticuloso de quien se ha criado muy lejos en otra lengua, utilizó la palabra decencia.

Ahora ya no, pero entonces Lio siempre tenía algo que hacer. Ella no se daba cuenta por eso mismo, porque tenía siempre que hacer algo en una conducta que a mis ojos la distinguía dramáticamente de los niños. Para los niños todo es presente, incluso lo que está por venir es presente, el niño todo lo enfrenta, todo lo asume y todo lo incorpora, y lo que viene a distinguir al niño del adulto es que el adulto siempre tiene algo que hacer mientras el niño ya lo está haciendo. Para el niño cualquier cosa es todo. Lio no se daba cuenta de eso porque siempre tenía algo que hacer, recelaba del presente, era elusiva con el instante al menos hasta cierto punto, siempre hay cierto punto, en su caso era cuando los bajos de la falda se le enganchaban en la maleza de la voluptuosidad. O cuando descubría las encías en la risa como un desnudo repentino. Y entonces obtenía salvoconducto a lugares a los que solo se puede acceder cantando, a los que ni siquiera lleva el trance del baile, que tiene el hándicap de que es un asunto centrípeto.

Conservo de Lio algo así como una verónica, una sábana santa de la primera y última vez que estuvo aquí. En el restaurante, mientras estrangulaba la bolsita de té en la cucharilla, me miró a los ojos sin levantar la cabeza y me comunicó, como manera de en ese momento estar decidiendo algo entre los dos, que estaba a punto de romperle la regla, algo que ocurrió más tarde en un bar indeterminado al que hoy no sabría volver. Ya en casa, muy entrada la madrugada, extendimos sobre las sábanas una toalla que al día siguiente sumergí en lejía y que ahora clama la sangre ausente como la piel vuelta de un tigre.

«Otra noche en ninguna parte», dice la canción mientras escribo estas líneas, y esa frase se me lleva a un lugar impreciso de la memoria, años atrás, y me demora en la idea del canto. Para el canto es ideal la hora nona, con la voz nueva de no hablar en toda la mañana con nadie. Esa novena hora del día que se cuenta desde la salida del sol y que coincidirá, si se quiere, con el tiempo de la siesta, que es momento siempre grato para el asueto erótico o para escribir esto que ahora escribo y que solo yo puedo escribir. ¿Cómo escribir algo fundamental a estas alturas? En el rostro de un muerto están todos los muertos.

Un par de años después de la última vez que nos vimos, Lio me escribió un mensaje, era en torno a la navidad: «Espero que estés bien y vivas como quieras».

Es febrero. Echo un vistazo al calendario en prospección del pasado y compruebo que, por si fuera poco, murió en domingo. Se quedó en la isla maldita que son los domingos. Recuerdo sus ojos hermosos rasgados que parecían estar viniendo siempre de otro lugar.

Yo si quieres te explico el mundo pero no te va a servir de nada, porque aunque un día creas comprenderlo seguirá estando ahí el runrún, el mar de fondo, el narrador no confiable y la voz en *off* que te irá poniendo en duda.

Leí en un libro alemán que la auténtica libertad no es hacer lo que te dé la gana sino hacer tu verdadera voluntad, y que tu verdadera voluntad es tu secreto más profundo, algo que no conoces. La libertad no es hacer lo que sea sino todo lo contrario, saber qué se quiere, algo que casi nunca se sabe porque libres es lo último que somos. Yo no tengo mucha idea. Si escribo, de hecho, es porque no sé qué decir. Cuando uno se sienta a escribir es porque no hay más que hablar, pero bueno, te voy a decir algo: lo primero que te diré es que un cuadro no ha de ser bonito ni un libro edificante, ahí empieza la libertad. Una obra de arte ha de ser en primer lugar violenta y hasta irresponsable, y luego ya se verá. Mi aspiración es darme a una falta de control, una escritura volcánica de la que después pueda abjurar, no saber nada, una escritura desapasionada y feroz que una vez revelada no me necesite.

Yo con esto no gano dinero, te escribo esto aquí ahora pero en verdad estoy deseando llegar a término, terminar de ser escritor y dedicarme a un tema serio, al despilfarro, a maravillarme, a tirar todo por la *finestra*. El dinero es sangre social pero conviene que ninguna de tus aspiraciones quede a su alcance, eso también es verdad. El dinero envejece mucho. Nunca, de ninguna de las maneras, jamás dejes tus sueños al alcance del dinero y desoye a quien te sugiera otra cosa. O qué sé yo, tú verás, mejor no me hagas caso. En fin, la gran maquinaria, los santos lugares, la perfidia de unos labios finos… ¿Hasta qué punto estamos dispuestos a involucrarnos en nosotros mismos, de imponernos a lo que cada uno somos?

Si quieres también puedo contarte lo que suelo hacer mientras duermes, mientras yo leo y tú duermes. Lo que hago es buscarte a tientas la cara, una aproximación, y cuando llego al respirar te recojo el rostro con la mano entera sin aplicar fuerza alguna para en el mero contacto transmitirte un deseo que es en realidad una orden, escucha: que detengas ese rechinar de dientes. Hago esto a menudo, casi cada noche, lo hago por tu bien pero de inmediato entiendo que ha sido también por el mío, ya que encuentro una satisfacción en el hecho de estar aquí, de que tú me lo permitas y los dos lo hayamos decidido, y siendo así, ya que estoy, contribuir en la conservación de tu calavera, zafarnos de la cronología, si bien a veces ocurre que calculo mal y te importuno y abres los ojos, y entonces trato de mecerte en ideas descabelladas como aquella con la que empezaba otro libro: que todos los niños del mundo se hacen mayores excepto uno.

Soy tu contraparte. Quiero darte de comer, llevarte el alimento a la boca, pretender que asisto a tu fundación, que antes no eras. Perteneces finalmente a quien te alimenta. Quien te da de comer es quien en sus decisiones confecciona tu identidad.

Al despertar en esta cama que no es mía atiendo el fragor de la ciudad, una mezcla de ansia y meteorología. Personas atribuladas y en su mayoría algo tristes orquestan la sinfonía urbana. Distingo una campana de tranvía anacrónica, de cuerda. La ciudad, a la que se le asocia siempre la palabra bullicio, se me aparece como la metrópolis de Grosz, que hace esquina como la intersección aquella de Gran Vía, en Madrid, donde conocí a una novia que tuve a la que en este momento imagino de pie, ojeando esto con temor en una librería. Ahora sonríe, no lo descarto, qué tal estás.

Esa ciudad que Grosz pintó en 1917 hablaba del delirio y los miedos de la sociedad civil. Hoy, a mi alrededor (corren los «felices» años veinte), un montón de gente está siendo desclasada. Desmoralizados, pierden la conciencia de lo que son y se arrojan a los brazos de mercaderes y criminales, traficantes de muerte que enarbolan discursos vitalistas y soleados también muy útiles para los ricos, que en noches de mala digestión llegan a intuirle las orejas al lobo. Corre una época sin causas, alimentada solo de ignorancia y miedo que unos y otros entregan como combustible a los fascismos. ¡Lo creen su insurrección, estos idiotas!

Los más estúpidos de entre los humillados no dan pie con bola, no aciertan la furia, yerran el enemigo y vagan ateridos, ideologizados perdidos, tutelados por los mismos amos de siempre ahora encarnados en ideas sentimentales, de cuidados, afectos e infantilismos. Los propietarios, mientras, empuercados de victorias, se encogen en la idea de perder su cuota y su inmunidad a causa de hipotéticas políticas sociales y soluciones civiles en las que ellos, en su burbuja de bulas y privilegios, no se sienten aludidos sino amenazados. Unos y otros, salvajes, cooperan en la misma catástrofe, la de su sino, la del oscurantismo.

Las medidas deberían ser individuales, de responsabilidad, pero el individuo es un fracaso, es inculto, egoísta, un cretino, y encima es eso, individuo, ahí lo tienes, mírame. Las clases dominantes, en su titularidad, creen estar ejerciendo una libertad que es solo ajenidad, interés, avidez y codicia, lo contrario de la anarquía, que es una solvencia íntima y deseable que pasa por cada uno y para la que yo mismo estoy impedido en la solidaridad que exige, en su profundo sentido común.

Grosz, que viene de la caricatura, que es el oráculo del dibujo, ya había pintado calles, cafés, disturbios, paseantes, asesinos de mujeres, suicidas y enfermos de amor. Su metrópolis, que está en el Thyssen, frente al botánico, puedes ir, los lunes es gratis, es simultaneidad, apocalipsis, una matanza, la vuelta de una esquina. ¡Un fantasma recorre Europa! Lo que está ocurriendo es indudable, cristalino, pero la ignorancia lo enfosca, todos estos lelos que viven sin libros se guían por su instinto de satisfacción, no hay en ellos más que apetitos. Intuyo cabos que explicarían conductas actuales a partir de la Segunda Guerra Mundial, consecuencias y trastornos colectivos, pero no sé manejarme en pensamientos tan amplios, no puedo gestionar todos los datos que me encuentro en el camino, no tengo ni idea de nada.

La rabia de clase se explicaba y se resolvía en *La ceremonia*, la película de Claude Chabrol, donde la abundancia se representaba en la cantidad de canales de televisión de que disponía la familia burguesa protagonista. Aquello era cine de terror para espectadores acomodados, aunque temo que no fuera de fácil acceso para ellos y que tal vez tuvieran dificultades para reparar en que la casa de la película era lujosa. Porque cuando todo alrededor opera en beneficio y a disposición propia uno no advierte siquiera su entorno, no se entera de nada, no distingue el medio en que se mueve. En la película, por ejemplo, los personajes deciden ver una buena película, y lo que hacen es ver una película de Chabrol. En el privilegio y en la norma queda anulado el individuo, que no llega a percibir ni por dónde le sopla el viento. Al menos, hasta que no se le presenta una disonancia, una vía de agua, un cortocircuito.

La ceremonia, película que es un patio de ejecución, contiene una cita que se atribuye a Nietzsche («Me repugnan algunas cosas de la gente de bien, pero no es el mal que hay en ellos») y un recado sobre la administración del miedo y esa superioridad moral tumefacta que define a los detentores de la cultura: Sophie, la protagonista interpretada por Sandrine Bonnaire, es analfabeta, una falta de instrucción que se presenta como principio de atrocidad cuando se suma a los intereses de una psicópata resentida a la que encarna Isabelle Huppert. Unidas esas dos condiciones, cada una con su pedrada las dos mujeres darán lugar a la barbarie. Cumplida la escabechina en que termina la película, el personaje de Sophie descerraja un tiro a la biblioteca, revienta varios libros de un escopetazo.

Aunque en realidad son muy parecidos, un rico es lo contrario de un pobre, esto no sé si se sabe. El interés del uno es el mismo que el del otro, dinero y agua caliente en invierno, si bien el pobre le tiene un miedo a la vida que el rico no solo desconoce, sino que ni siquiera alcanza a imaginar. Al rico todo le sale gratis, al pobre le cuesta lo suyo y a veces acaba pagando el pato.

El rico es un animal tribal similar al gitano: se reproduce sin medida para hacer grande esa primera institución carcelaria, la familia, jaula de oro, y así blindarse por todos los flancos.

Porque los ricos no tienen dinero, esto no siempre se tiene en cuenta, si bien no lo tienen de manera ligeramente distinta al no tenerlo del pobre. El dinero de los ricos es elusivo, deslocalizado, su fortuna debe protegerse de los tributos fiscales y para ello es condición indispensable que el billete verde no salga en la foto.

El rico se ampara en el laberinto de la burocracia, una de las herramientas más eficaces para la opresión de los débiles, que en su caso tiene su primera ventanilla en casa, en la familia, en bodas, bautizos y comuniones que perpetúan un sistema de valores basado en el sindicato vertical. En esos eventos aprenden a sospechar. ¿De quién? De quien no acude. De quien no está allí, porque el que no está allí, no está allí por algo. *El padrino* se abre citando a Balzac: «Detrás de cada gran fortuna hay un crimen».

El dinero envejece mucho, por eso el rico es conservador, y lo es primeramente de privilegios y bienes inmuebles, de estatus y propiedades, y desde esa tribuna de clase defenderá ideales de familia y libertad de comercio.

La única manera de hacer dinero, finalmente, es tener dinero. Por eso en la mesa del rico se habla principalmente de fondos de inversión, presupuestos, ganancias y posibilidades. Se le toma el pulso al mercado y en el hampa de allegados y familiares se crean necesidades y obligaciones y así se va tejiendo la primera red clientelar de facturación, préstamos, contrataciones, lavado y engrase a través de empresas espejo, gestores, consultorías, constructoras, inmobiliarias, agencias de seguros, múltiples negocios domésticos y asociaciones parentales. No se me ocurre forma más bárbara de destrucción que la construcción indiscriminada. Se trata de especular con el metro cuadrado, poner el suelo a nombre de unos y otros y que todo quede en casa, en la casa que sea, hay docenas.

Mientras la finalidad del pobre, entre que va tirando, es dejar de serlo, la finalidad del rico no tiene objeto, es flujo, acaso seguir siéndolo y a poder ser, por qué no, serlo más. Por eso, como el pobre para administrarse, el rico también dedica su tiempo a hacer cuentas y los más torpes de entre ellos se dan a la codicia, al trabajo desenfrenado y al abuso de sí mismos, porque para ser rico hay que tener mentalidad de esclavo. El rico, aunque vive absolutamente desconectado de la realidad que atañe a la mayoría, sabe muy bien lo que tiene que hacer. Al pobre, en cambio, se lo tienen que decir. Se lo dicen y obedece, el pobre. ¡Y pobre de él si no lo hace!

Si un día se detiene a pensar, al pobre solo le va quedar la opción de abrir el cajón de los cuchillos y salir afuera y llevarse a todos por delante, que es una imagen que me llena el estómago de mariposas. «Quisiera ser un bandolero de caminos y campos, quitarles el dinero a los que tienen tanto», decía una canción de Los Chichos que nunca he escuchado, pero que le oí cantar a un mendigo.

Para el pobre, el no tener bienes es el mayor de sus males. Al rico, en su mentalidad esclerótica, le es absolutamente imposible saber lo que implica carecer, lo que es la escasez y la falta. Es el precio a pagar por ser rico. Por eso quienes han padecido la necesidad la mantienen presente, la temen y la veneran, porque la conciencia de clase o se cuida o se olvida, se esfuma con la prosperidad.

El rico, que tonto no es salvo en algunas degeneraciones de sucesión, tiene que hacerse perdonar por serlo, y es ahí cuando inventa la limosna, el donativo, la propina, los negritos, la generosidad y la suerte de cada uno. En ese hecho de asistir eventualmente al pobre, y de ningún modo en la opulencia, certifica el rico su clase. No hay indicio de arrepentimiento; en todo caso, compasión, y la compasión implica cierta falta de respeto, solo podemos compadecernos de alguien a quien no logramos respetar, de quien nos sabemos por encima.

El rico tiene un sinfín de problemas; el pobre, solo uno. En *Rufufú*, cuando los atracadores se disponen a sincronizar los relojes, caen en la cuenta de que ninguno tiene. Porque son pobres. Y es que así no se puede afanar uno en nada.

Yo este año he comprado lotería. El rico no compra lotería, como tampoco se le ocurre arrojar una moneda a un pozo, porque no cree en la suerte ni deja nada al azar. Bastante tiene con su papeleo constante, con su gestionar equipos. Yo este año he comprado porque me llamó Carol y me dijo que había dado con un lotero enano, un pequeño lotero agazapado en su administración, y dado lo pintoresco de la escena le pareció ocasión oportuna para comprar un número y compartirlo conmigo. Podría haberlo robado, no sé si alguna vez se habrá dado el caso, robar lotería, que sería un robo vicario, un botín hipotético, como el rico juvenal que invierte la semanada en criptomonedas, al fin y al cabo no nos ha tocado nada, pero eso nos pasa por ser pobres. La idea es esa. El pobre compromete su salario (el pobre tiene salario, el rico capital) en décimos y en participaciones, esas estampitas de aspecto aproximado al dinero que no son dinero, y si un día le toca, si se hace rico, que es algo que no ha ocurrido nunca, pasará a ser un nuevo rico, que es alguien que antes que ser elige parecer, y en esa falacia es probable que llegue a perderlo todo de alguna manera, se meterá en embrollos y escuchará a malos consejeros, a las alimañas que siempre se arriman a los acaudalados, porque en el fondo al pobre le va a quedar siempre un sitio para la noción de carencia, un afán de dejar de ser lo que le ha tocado ser, lo único que alguna vez le ha tocado.

Ser rico es una ordinariez, ni siquiera hay aristocracia en ello. Ser pobre, en cambio, es tradición. Yo no llego a ser ni una cosa ni la otra, aunque mis padres tienen un pequeño apartamento en la playa, un pisito que han ido pagando con el sudor de su frente, toda la vida trabajando, el camelo del veraneo y la clase media (clase media es lavar mucho el coche), un pequeño apartamento a quinientos metros de la playa, a tiro de piedra del Mediterráneo, un lugar donde la familia se ha reunido feliz muchos veranos, sin burguesías, apelotonados en el balconcito de color teja, un toldo verde con flores en el reverso, precioso, un estampado muy tratable y querido por mí y un exterior muy grato donde he pasado largos veranos leyendo a los clásicos, la noche entera, la educación sentimental, el tiempo perdido, el lobo solitario y su cachorro, cientos de horas en aquel pequeño apartamento al que siempre, desde el primer día, y sin faltar nunca a ese modo, me he ido refiriendo así, como a un pequeño apartamento donde algún invierno de hace años, siendo fumador, llegué a retirarme para sentirme aislado de este ruido, a salvo de todos estos majaras, lejos de todas las novias, la chica del videoclub, concentrándome en escribir a solas, muerto de frío y de cariño en ese pequeño apartamento al que endilgaba ese adjetivo de magnitud por amortiguar su importancia, tal vez sin darme cuenta de que en ello estaba menospreciando el esfuerzo que habían hecho mis padres, dándome a una soberbia ruin, pero que en esos momentos, cuando llegaba la ocasión de mencionar el inmueble, me era pertinente para mitigar la impudicia de estar teniendo dos casas cuando la mayoría de la gente no tenía ni tiene ni tendrá siquiera una, eso creía yo, luego iré comprobando que la mitad de estos hijos de puta son rentistas, que por eso hay tanto artista de familia bien, porque son los únicos que pueden permitirse una vida sin beneficio, y entenderé que esa ponderación accesoria habla más de mí que de las dimensiones de aquel pequeño apartamento, del que no haya en mí ningún mérito, un mínimo esfuerzo, al fin y al cabo una información que a nadie le incumbe, que responde solo a mi mala conciencia pequeñoburguesa, a mi cinismo bochornoso y a mi carácter por definición contrario, opuesto, enfrentado, pueril, presto al rechazo y la protesta, a las incómodas particularidades de mi carácter al cuestionar aquel apartamentito ventilado y sencillo cuya existencia me ha proporcionado siempre una comodidad inestimable. Hay que ser imbécil.

Lo que vengo a decir, en fin, es que lo que es arriba es abajo. Los ricos son producto de los pobres y viceversa, si bien el rico, que a menudo es persona dulce y cándida porque nunca ha tenido problemas, que aunque falta le hace no ha necesitado nunca del arte porque siempre ha estado todo bien y la paz la ha encontrado en los números y las ciencias exactas, jamás va a comprender del todo qué es un pobre más allá de la mano de obra que le hace el chalé o prepara el desayuno a los críos, que son críos que ya nacen ricos, atróficos pero muy vivos. Le ocurría a Susanita, el personaje de las tiras de Mafalda, que no entendía la perseverancia de los pobres en ser pobres, en comprar cosas de pobres, si así nunca iban a dejar de serlo. Dejar de ser pobre es muy difícil porque no hay nada a lo que renunciar.

Los ricos, en definitiva, son los culpables de buena parte de los problemas de intendencia de todos los demás, esto lo aprendí en los tebeos infantiles, donde los ricos se representaban con puro y chistera, como unos señores antiguos y pasados de moda, un mal atávico, pero ambos, finalmente, pobres y ricos, son seres cuya voluntad está completamente arruinada por la servidumbre material, tan difícil es vivir autoinculpándose.

No ha ocurrido nada pero voy a tratar de aclarar todo. En primer lugar, me enfado y no respiro. Son cosas mías que me vais a permitir. Más tarde me siento a escribir, porque en el combate de diario estoy limitado a tareas humanas. Aquí, sin embargo, me siento importante. Solo aquí me siento importante. Así que escribo.

Conviene tratarme con cautela. Debo tratarme con cautela, quiero decir. No me fío un pelo.

Escribo, voy a escribir, pero antes dibujo. A diferencia de las palabras, el dibujo es mudo, es sagrado. Cuando no dibujo soy nada, anotaba Robert Crumb junto a uno de sus garabatos de minuciosa desesperación. Ser nada es más trágico que no ser nada, ya me dirás, por eso Crumb se aplica tanto y por eso su dibujo es labor, bordado de túnica, por eso entrega al papel todo su malestar.

Crumb tiene algunos dibujos plácidos, muy bellos, callejas del sur de Francia, aquel recodo urbano, una rinconera... Dibujos sin conflicto, lugares sin presencia humana, aunque donde mejor canta Crumb su serenata es en las inconveniencias, allí donde el decoro pierde su nombre es donde el hombre (el mamífero) se hace plenario. En la desconsideración de uno mismo se encuentra el fogonazo del arte.

Observo el prodigio de sus dibujos, que me fecundan, y antes de escribir garabateo yo también algo por mirar de sacudirme todos estos pensamientos aleatorios y estériles acerca de todas las cosas. No funciona, así que paso a escribir, una vez más, sabiéndome. ¡Menuda farsa! Lo hago con intención de sobrevivirme y por sacarme a Dios de los adentros, pero no me convenzo y enseguida lo dejo estar, y conduciéndome al compás de los elementos vuelvo a cambiar las sábanas, porque en estos días de intemperie bajo techo estoy soñando de más. Esta noche he soñado con Jack Nicholson, por ejemplo, y que en Salamanca, la que no es puta es manca. Luego he desayunado fuerte, he tratado de limpiar las huellas de una refriega antigua sobre la pintura plástica junto a la cama y ya no me he movido de aquí. Lo cierto es que no he tenido un solo pensamiento franco desde que te fuiste.

Anoche antes de acostarme cubrí el espejo del baño, eché una sábana sobre el de tres hojas del ala oeste y tumbé bocabajo, para cegarlo, este otro pequeño que tiene su lugar sobre el escritorio en el que ahora mismo cavilo, una excentricidad de dibujante que me permito y que tiene que ver con la mueca y el modelaje, con mirarse la expresión mientras se dibuja un rostro, jamás con el verse por gusto.

Creo haber leído que fue en la Francia de hace tres o cuatro siglos cuando tapices y pinturas en las paredes empezaron a ser reemplazados por estos túneles de vanidad que nos explican lo que nos pasa. En casa solo hay esos tres espejos, y aunque hasta donde sé no habita ningún mal entre estas paredes, de ese modo evitamos la posibilidad de réplicas e impostores.

Si te cuento todo esto es porque te conozco de vista, aunque todo lo que te diga no es más que un decir y sobre esto no hay más que hablar. Te lo cuento mientras me remiro las manos buscándoles las desavenencias.

Como ves, me estoy rondando. Intercambio bienes conmigo. Me cuestiono, me enfrento, me busco el mago, me pido explicaciones, pero ante mí soy minoría. Minoría sensible, pero minoría.

Vuelvo a escribir. Escribo una y otra vez. Escribo para darme la espalda, para traducirme al mundo. No, en serio, ¿por qué escribes? ¡Escribo para adelantarme! Y porque no sirvo para nada. Escribo y me descubro poniendo ojos enredadores mientras lo hago, trato de seducirme, me quiebro el ánimo y en ese instante soy todo mío. Pero no es posible cantar como hay que cantar si uno se escucha cantando…

Me escucho. Llevado de algún rasgo esquizoide me escucho, pero tampoco sé bien qué me digo, no sé qué me estoy diciendo. Me exijo razones pero me entrego apenas controversias. ¿Sabes lo que es una controversia? Una controversia es lo contrario de una celosía. Esto se me acaba de ocurrir, voy a pensar si puede tener algún sentido, de momento lo he escrito. Paso el resto del día en un sí es no y me pienso en relación con esto y con aquello y me decido irrelevante aunque sigo siendo mi mayor obstáculo. Vivir con uno mismo es también vivir en sociedad.

Para no aburrirme invoco el tedio. El tedio es la ausencia de futuro y la ausencia de futuro es la libertad más grande a que se puede aspirar. La falta de planes, de tareas y de intención. Poco a poco iré comprendiendo que el *no future* del punk no era un lamento amargo y desesperanzado sino una voz ácrata y libertaria, una propuesta de zapa e ilusión.

El tedio me lleva a fijar la mirada, perforar la corteza, atravesar estratos y según el día ver el otro lado. Allí pacen peces (lo ictíneo, mira qué palabra), no estamos nosotros ni se encuentra uno siquiera. En ese otro lugar, una dimensión paralela con sus propias leyes y milagros, las disonancias se hacen valer y todo resulta comprendido. La clave está en darle a la realidad tratamiento de sueño y los sueños contemplarlos como realidad legítima. Hablo de sueños, de vivencias durmiendo, nada de quimeras ni deseos ni ilusiones, a otro perro con ese hueso de la ambición y la conquista, estoy hablando de sueños, de la hemorragia onírica en que se escurren estas vigilias tan morosas.

Entre nosotros (porque tú y yo siempre seremos nosotros), te diré que el objeto de todo esto lo desconozco. Son jornadas de inexistencia en las que conviven dos pulsiones: la idea del viaje revelador y lo palmario del retiro contemplativo. La agitación física y el tumulto espiritual de la reclusión. Días de ardua quietud. Llanuras de arenas movedizas, partículas de piedra que emulan la conducta de otra materia, queriendo ser líquido.

Y escribo. Trato de ensamblar ideas opuestas para hacerlas pedernal y que así alumbren alguna estampa, una verdad. Fueguitos. Candela. Dispongo palabras por ver si en alguna combinación aleatoria asoma el lomo un cachalote.

¿Se oye un murmullo? La verdad es que empiezo a sentirme aclimatado. Aclimatado perdido, podríamos decir. Es el olvido lo que me permite ser amoral y es la memoria la que me lo dificulta, pero más o menos vamos haciendo. Ah, este abril estoy siendo una isla, qué desastre.

Cada uno de estos días, cuando se despierta, Marta, la arquitecta que conocí en la noria, me envía al móvil una foto de la playa que ha hecho desde su balcón, sosteniendo el telefonino horizontal no sé si con una o con las dos manos, tratando de desbravar el paisaje, de estabilizar un temporal, lo que sea, cada día es un mundo. Esa imagen me trae el humor del mar, me transmite su temperamento, por lo general sosegado en esas coordenadas, y mi cabecita hueca se llena entonces, de buena mañana, de aquellas noches. Me invade el verano, un recuerdo del mañana. El mar cesado sobre Barcelona, sostenido e imperceptible, un velo salado sobre la piel de la ciudad durante aquellas noches de agosto que están por llegar, si bien ya he hablado de ellas.

Pero escucha, he venido a decirte que me voy, a eso he venido, ¡a irme! Ha sido todo un malentendido. Y que pongas cuidado en lo que haces porque lo mismo no te mueres nunca.

Mona no llama. Hace tres días que no sé nada de ella. «Mona no llama» es un falso palíndromo, porque si quisiera llamaría, pero el caso es que no llama.

Llamo yo a Mona. Estoy molesto con ella desde la conversación de anoche pero no voy a manifestarlo (esa es mi forma infantil de manifestarlo). Escucho los tonos de espera mirando el cielo estrellado (el cielo inaudible) y pensando en san José, que en el arte románico se representa adormilado. Diría que no me quiere. Que no me va a querer nunca.

Mona al teléfono suena siempre como si acabara de lavarse el pelo. Me cuenta que ha soñado que era una yegua y que de alguna manera tenía el mejor sexo que ha tenido nunca. Escucho sus sortilegios y la pienso bien potra, llena de caballo, como la más bella de todas las bestias, aunque reduzco la dificultad de la imagen y me quedo en una mera Lady Godiva.

Mona es toda evidencia, solo tiene que ver con la luz, aunque a largo plazo sé que me engaño. Más tarde le pido perdón, pero le estoy pidiendo perdón por otra cosa, por algo que ella no sabe.

Mona es presente, ya lo he dicho, mujer de una pieza y nervio sin hiel, un ser recogido y compacto que se contrae y se expande como una naturaleza o un bosque entero. Juntos constituimos una especie de animal que yo antes solo había llegado a intuir. Fue criada entre hombres y, sin embargo o tal vez por eso, no parece haber en ella ningún gesto accesorio, ni rastro de coquetería, no sabe, y cuando alguna vez lo intenta se escora hacia el melindre, algo que también me hace perder la cabeza. Su adherencia a la vida es perpetua y absoluta, y pese a ser una persona terminada y completa, todo en ella es posibilidad. Funciona como un río. Me basta mirarla y estoy listo para morir.

El amor se manifiesta, en primer lugar, como desconocimiento. La brujería de tu «sí», que diría César Vallejo. A ello le sigue un extraño deseo de costumbre. Luego, cuando nos aventuramos, se da el descubrimiento y el saberse mutuo, y en el consumo desmedido del otro se nos irá precisando que no estamos ante un ser insólito. Y el darse a ver de alguien corriente y susceptible de ser despreciable como uno mismo (¡ayuda, un humano!) volverá a instalarnos en la escisión, en nuestro desacuerdo con el mundo y en la certeza, cada vez más profunda e intolerable, de que no es probable alguien diferente, nadie especial, un ser que nos desmienta. Tasada la relación, la verdad se irá viendo disuelta en los hechos, y el amor, entonces, se hará desarreglo.

Se puede observar que cuando las parejas se separan por un tiempo vuelven a desearse, pero eso porque el ser humano tiene la habilidad de olvidar lo que es el ser humano. En soledad, entonces, se sacude la infamia de serlo, y en la distancia el cónyuge se recobra, vuelve a aparecerse como un ser naciente. Brossa escribe en un poema esto que me gusta bastante: «Ens besem com dos pans sota la gran arbreda. / I així el sol senzill declara / Que som marit i muller».

Llegado a casa (en estas páginas siempre estoy volviendo a casa), escribo y me detengo y acudo al timbre del microondas y de pie en ese enclave doy conmigo y soy y me encuentro. Y plantado ahí todo yo fortuito y sentimental entiendo cuál es el problema y asumo, al menos por un instante, que nadie va a librarme nunca de mi condición.

Hay un don. Percibo un don pero es un don diminuto, apenas un poderío que asoma y ríe y vuelve a ocultarse. Un gusano, una larva, un renacuajo. En todo este tiempo no he aprendido nada.

El chiringuito de la playa se derrama de música y de satisfacción. Huele como tiene que oler, a chiringuito de playa, no le cabe ni una metáfora. Podría oler a geografía varada o a selva lenta, pero huele a chiringuito de playa, a pieles rojas, a vida ordinaria apenas experimentándose.

Lo que cavilo es que estos ritmos latinos tienen que ser vasodilatadores, no hay otra explicación para esta música que arrebata el corazón flotante de las chicas vulgares que mañana trabajan, pero que hoy albergan un pequeño y último deseo de conquista. Una aspiración, más que a un mundo nuevo, a un nuevo mundo, que es de donde vienen estos sones candentes que las llevan a aparcar el teléfono para el que han estado posando toda la noche (dentro de las máquinas todos estamos solos) y de pronto abrirse lugar remando las caderas, cimbreando el cuerpo amplio de mujeres tramposas que nos va a impedir engendrar un solo pensamiento más, ningún otro pensamiento mientras las miramos danzar en este vergel de saldo, bajando a la orilla, bailando esta música que mana del infierno y pone a hervir el agua entre sus pies descalzos, haciendo de esta una noche de violencia y probabilidad.

Las vemos enredar y nos vamos despistando en las más nuevas, se nos llevan la mentalidad, nos fijamos en aquellas a las que no llegamos a prestar atención de jóvenes, no al menos con estos ojos. Miramos hoy a las que no miramos entonces porque ya somos mayores y ahora vemos que no tienen prisa, no nos meten prisa y nos liberan del sistematizar todo de nuestra generación, de lo mezquino y ridículo del mundo adulto. Las miramos para ganar tiempo, porque son alegres y tratan de divertirse todavía un poco hasta que no haya vuelta de hoja.

Es por ese mismo afán de prolongar las vivencias que me he comprado unas cuartillas y escribo apaisado, horizontal, demorando la escritura, adecuándome al verano y recordando lo que le leí a Djuna Barnes: que cada día está pensado y calculado, mientras que la noche nunca está premeditada. Esto sigue siendo así, aunque hoy ya no parece tenerse en cuenta y el temor a nuestras propias elucubraciones nos ha llevado a una renuncia común. Nos equivocamos en ello, creo que nos equivocamos en hacer de la noche también rutina al idearla idéntica, compartida, la misma noche cada día, otra noche que dejaré atrás de vuelta a casa, donde se escucha ese perro que alguien deja solo por las mañanas y se las pasa aullando entre los muros del edificio, y que si me descuido me va a entonar malamente los sueños de sabrosuras y eufemismos que tengo pensados, que sé que me esperan.

Y me presiento. Trato de dormir, pero prevalezco. La interrupción del amor es la muerte antes de la muerte, escribía Colette Peignot en carta a su madre. He renunciado a hacértelo comprender, le añadía.

Para convocar claros en la jungla del pensamiento enlazo naturales, tengo esta muleta roja que he comprado, con su estaquillador y su ayuda, y pienso un toro negro de hechuras mitológicas y voy cuajando en mi cabeza una faena sencilla pero capaz de la belleza suprema, un cénit (la grandeza del toro es cogerte, ¿quién escribió eso?), y en la muleta me duermo esperando a que avanzado el día, ahíto de descanso, me despierte un pájaro estrellándose breve (tal y como son exactamente los pájaros) contra el sol artero en el cristal.

Y me despierto y tomo parte en la vida. Hemos estado bailando una canción de la radio, escuchamos con mucha atención, ponemos delicadeza, y están todos esos momentos de serenidad en que mi sexo no me estorba porque ha desaparecido del mundo, porque se oculta en ella, dentro de ti. Y mientras nos vamos conociendo nos vamos queriendo y nos vamos padeciendo. ¿Debo amarte o basta con que esté, con que sea?

Antes de verte (porque te veía venir) me procuré estos comprimidos de Singapur que amplifican mi virilidad de manera impropia. Operan, siempre y cuando no presentemos resistencia, igual que los hipnóticos sobre el sueño, induciéndolo. Engullo uno con un trago de agua y a efectos prácticos me desplaza a mis veinte años, a quien fui, un chaval que ahora se suma a quien soy, se me encarama a los hombros y me encuentra algo estupefacto, porque mi testosterona no deja de ser la que es, la que corresponde a mi edad y a mi temperamento, pero pronto me hace perder de vista los confines, todo es campo para correr y el tiempo resulta tan relativo como intuía. Como en los somníferos, gravita sobre este fármaco la idea de dependencia, ya que en su eficacia persuade de que la realidad pelada tal vez ya no vuelva a ser suficiente, al menos para mi carácter inmoderado, pero no voy a pensar en ello. No voy a pensar en nada.

Me pongo en mi situación: ¿cómo es posible coexistir con uno mismo sin perder los papeles, la dignidad, el respeto? ¿En qué región de mí se originan estas ideas? ¿Activarán algo estas palabras aquí dispuestas? ¿Dónde se acuñan? ¿Qué parte de esta persona las escribe? ¿Será posible combinarlas de manera que se hagan trance, que trastoquen mis convicciones, y salir otro? ¿Ser suprimido?

Por el momento sigue todo infestado de mí y cada mañana me siento un pulpo abriendo un tarro de melocotones.

Hace ya unos meses que va ocurriendo así: algunos de mis amigos me están resultando molestos. De pronto parecen tener cosas claras, van comprendiendo el mundo, tolerando y concediendo, quitando hierro a conductas inaceptables y modulando sus discursos según gustos y patrones comunes —de uno u otro sesgo pero comunes— que hasta el momento habían sido guía fiable de lo que bajo ningún concepto debíamos hacer. Mis amigos han sido masacrados. Se acostumbraron. En algún momento cogieron confianza y aprendieron a funcionar sin hacerse preguntas, compraron un paquete ideológico que les permite ser probos ciudadanos sin necesidad de sacrificar nada y se dieron a los actos reflejos. Se están dando a fórmulas que suponen cada vez más asunciones, menos cosas sobre las que pensar y decidir, la fútil religión del progreso, cómoda y funcional por un tiempo. En ese monte pelado sentaron campamento y creo que ya no volverán a producir nada bueno, todo en ellos es vestigio. Mis amigos han sido masacrados. Nada más nauseabundo que un hombre satisfecho.

Mis amigos me molestan por sus bajezas, porque son bajezas distintas a las mías. Pero ¿puede que esté hablando de mí cuando hablo de otros? ¡No eres tú, soy yo! Creo que lo que no soporto es cómo soy yo con ellos, en qué me convierto. En fin, espero no estar sufriendo el mal que señalo al ajusticiarlos, aunque he advertido que ellos tampoco tienen noticia de su decadencia más allá del deterioro físico que también se resisten en reconocer. Me pienso libre de riesgo si, como de verdad creo, la enfermedad es causa del trabajo, del mundo del trabajo. El trabajo es una lacra nefasta, un eficaz anafrodisiaco (a estas personas que trabajan por gusto, que no recuerdan la necesidad, ¿quién quiere tocarlas?) y el mayor de los males de este mundo, precisamente por significar su única mecánica posible.

También el trabajo está acabando conmigo, siento que me resta interior, que me extingue y hace de mí eso otro, algo que llevo toda la vida tratando de evitar. Buscaba un trabajo y encontré un trabajo, y ahora soy un desgraciao, cantaban los Smiths. ¿Por qué entrego mi tiempo a gente a la que es indiferente que yo viva o muera? No puedo sentir ninguna gratitud en estas dinámicas.

Escribe Bataille en *La parte maldita* que el hombre inventa el tiempo cuando inventa el trabajo y con ello inventa el propósito, los fines, el beneficio. El porvenir avecinándose (porque el porvenir como tal no llega nunca, no puede hacerlo, será siempre lo aún no venido) y la cuenta de resultados. Y el hombre entonces se escinde. Se separa de sí mismo y pasa a contemplar promesas dementes, bobadas, estas prisas.

Desciendo al yo, me rebajo a esto y escribo. Me siento a escribir, que es un primer movimiento, y ocurre que no tengo el recuerdo de cómo se escribe, no traigo los bártulos, me tanteo los bolsillos y solo llevo paparruchas. Ignoro si ocurre un día, un viernes como este, que un escultor se pueda sentir tuerto o que un pintor no sepa qué hacer con las manos, no sé si eso pasa. Yo ahora estoy escribiendo esto aquí como quien pedalea un puerto de montaña con una mueca en la cara, esa mueca que te alza los carrillos y aprietas los dientes y entornas los ojos, despojado de la voz.

Repudio el trabajo, sobre todo cuando está hecho. Percibo la satisfacción del trabajo cumplido y me siento devaluado en ello, me deprimo en esa sensación gratificante que me aliena. Odio el trabajo y la cultura. De la cultura también estoy harto aunque ni siquiera sé con exactitud en qué consiste, si quizás puede estar siendo un camelo, pero la odio por si acaso, por lo que conlleva. Si al menos nos hiciera mejores personas como promulga. Pero no, la cultura no garantiza nada.

Me repito a veces que no debí haber tomado este camino, el de la cultura, el de los libros y el arte y la comprensión del mundo o la esencia del mundo, el mal de raíz, el de todo esto que te da a entender pero te quita tanto, este afán y esta desesperación, que te señala respuestas que te quemarán los ojos, que te someterá a principios hasta extinguirte en el deterioro ideológico. Y este sarcófago desde el que escribo… La cultura desfigura a quienes se entienden con ella. Trato de no pensar igual que mis iguales porque tengo la certeza de que se equivocan, pero no porque piense distinto.

El día se me va amontonando hacia la tarde, en que para darle entidad he salido de casa y he tomado un rumbo inédito. Mentira, vuelvo a bajar la ciudad hacia el mar, que es también una catábasis (el camino al mar es el camino a la muerte, esto está en todos los poemas, está en las historias de vampiros y está en *L'Atalante*, que es una película que si quieres podemos ver un día), y allí, dándole la espalda al oleaje, pinto una cruz con la punta del pie en la arena y contemplo la ciudad naciente, la falda de esta montaña por la que llevo toda la vida empujando mi piedra de basalto hasta el templo expiatorio que la corona.

Me conduzco alerta a lo que se me depare y a todo lo contrario, a lo que no ocurra y a todo aquello que decida pasarme desapercibido. Me cruzo con gente que irá al infierno y con otra que viene de allí. Camino con el propósito de fijar en algún gesto este lapso, de comprender una atmósfera en la que alojar a perpetuidad esta jornada inane y perfecta. Quiero cobrarme una sensación, pero sé que el tiempo es fugitivo y no puede hechizarse, que celebraciones y ceremonias llevan apenas a la idea de conmemoración, al recuerdo impostado, y que la conciencia profunda la van grabando jirones inopinados, impresiones y tonalidades que cristalizarán, según su capricho, como cálculos sagrados.

Encuentro en el bolsillo una entrada de cine ilegible y trato de recordar a qué película corresponde, pero no doy con ella. Me atormento por ello. Es la catástrofe de las tintas térmicas, la experimento con cada cambio de armario. Se recuerda un azulejo, un decir, la luz de un instante y el océano del tedio. O no, tampoco, el tedio no puede recordarse en toda su entidad porque es en sí una laguna de tiempo y las lagunas son incomparecencias, no están. El tedio, como los colores, no se puede recordar exactamente. Cada color es una pregunta, decía Umbral, qué cabrón. Cada color es una pregunta.

Un color no puede replicarse ni someterse al lenguaje porque depende de la luz y la luz está fuera de nuestro alcance, la llevamos dentro. El tedio, de la misma manera, es irrepetible, aunque toma siempre el mismo aspecto, parece uno. Pero, ah, es que ahí radica su soberanía. Proust, que también leía mucho a Umbral, distinguía entre la memoria voluntaria, que sería la que atañe a los ojos y a la inteligencia, y la involuntaria, que reside en el olfato y apela también al gusto y al oído. El tacto entiendo que estaría siendo un sentido algo desmemoriado, al menos hasta que aparece esa persona que nos queda a mano.

Nos gobernamos como podemos. Para empezar, Mona se ha dado un pequeño tajo en el meñique preparando la cena y por alguna coquetería se resiste a vendarse el dedo, que se lleva a la boca del revés, exhibiendo la palma abierta, buscándome la mirada en un gesto que se pretende atribulado pero que trae otros ánimos. Nada que descifrar.

A intervalos y sin profusión, de la herida por restañar brotará en silencio la sangre, y durante la velada iremos dando con ella en la botella de vino, o extendiéndose en la alfombra, junto a una pila de libros mansos, una gota y su minúsculo satélite. La sangre pegajosa volviendo a mí, averiguando la noche. La sangre imperante de Mona gobernando mi sangre. Ahí la tienes en toda su elocuencia, en forma de rastro sobre la loza del lavabo. La primera cualidad de la sangre es la visibilidad.

Con Mona cerca soy todo preludio, me digo. Y me lo repito, espera: con Mona cerca soy todo preludio.

Con la madrugada muy hecha, desciendo la escalera de caracol y en la huella de cada peldaño siento arreciar mi deseo tan frecuente de invisibilidad. La erosión. El transcurso. Lo que tú quieras. Esta escalera está cansada, elucubro acariciando el pasamanos tomado por el tiempo, y no alcanzo a esbozar idea más sugerente que la de la desaparición voluntaria, el de pronto no estar. Hay más tiempo en ella que en mí, en esta escalera.

Por el momento bajo estos dos pisos que desembocan en una vereda estrecha con un parterre anejo que los escasos inquilinos llaman jardín, otorgan aunque no alcanza, y que conduce en fila india hasta una cancela con puntas de flecha que franquea la salida a un pasaje adoquinado, un callejón perpendicular a todo (a la calle, a esta ciudad, a la vida, a lo nuestro y a mi entender) que es también recodo idílico se mire por donde se mire, ya lo hemos hablado. Apenas diez, quince, veinte metros en los que prospera una pasionaria, que es esa planta de flores estrambóticas, criaturas de afanes helicoidales, cómo es posible, que se cierran de noche y en las que el verano pasado, cada día al volver a casa, nos gustaba contemplar atocinándose a docenas de abejas sin tiempo para la tristeza.

Cada vez que salgo a este pasaje llamado Cité de l'Ermitage celebro el hecho de tener que desandarlo a babor para desembocar en la primera calle con tráfico y peatones, llamada de Ménilmontant. Me gusta la idea de salir de casa primero al callejón, a ninguna parte. Me tranquiliza ese carecer de curso y de adelante. Y, como en ese tramo no me ve nadie, lo camino con torería, pisando despacioso y de talón, cada paso delante del anterior sobre una línea recta inequívoca. Más que yendo, como si me fuera.

Ya en la calzada emprenderé itinerarios sin desenlace por las inmediaciones, otra vez alojado en el lenguaje y entregado a esta afectación mía de recomponerme de la jornada, de regresar a mi cabeza, de sacudirme la visión simplificada de la realidad que me insuflan los trámites cotidianos y el trato con individuos extrañamente interesados en ocultar la verdadera naturaleza de las cosas. Toda decisión colectiva es una farsa, me digo. No existen soluciones colectivas eficaces. ¿Y esas flores?

Vuelvo a rumiar esas flores. ¿Cómo ser una flor con esa tribulación encima? ¿Qué padecéis, criaturas? ¿Son flores o cabrestantes? Aparatos reproductores a la intemperie, esas flores no tienen vergüenza.

En su orfebrería tan expresa las pasifloras se me hacen más ajenas que ninguna otra flor, no me interpelan ni doy con su belleza, que acaso está siendo rusticana de una manera voluntaria, por desatendernos. Mi primera impresión cuando las tuve delante por primera vez, y eso ocurrió hace unos años a los pies del faro de Mera en Galicia, fue que aquellas flores tranquilas no me estaban haciendo caso, se iban olvidando de mí apenas me inclinaba a ellas y en adelante nunca me iban a recordar. No me hizo falta mucho tiempo para comprender que su ingeniería astronómica está pensada para la escucha de alguna otra señal, una frecuencia imperceptible, regiones más elevadas. Hay algo que saben, estas flores.

Es miércoles, jueves ya, y creo que sería capaz de entregar el resto de mi vida por este instante lirondo, pelón y *supernature*. Por quedarme aquí. Por seguir aquí. Porque en este ahora sin contornos —que de un momento a otro va a dejar de serlo— estoy protegido de todo lo demás. De lo que sea, de la adversidad. En ocasiones ocurre. Ahora mismo declinaría irme de este episodio hacia el resto de mi vida. ¡Entregaría el futuro! Pero no es negocio, claro, esto no le interesa a nadie, a quién pretendo engañar, estoy ofreciendo el porvenir, lo sucesivo, a cambio de la eternidad. Dudo que se me conceda audiencia.

Es muy tarde. Seguramente estarás dormida. Giro la llave tratando de estrangular cualquier ruido. Leía ayer en una canción de Bertolt Brecht que a la buena gente se la conoce en que resulta mejor cuando se la conoce. A colación, y escuchándome el sigilo, me reverbera lo que escribía Toni en el catálogo de esa exposición de nuestro amigo Eduardo Infante titulada *Cemento Flor*, una cita de Stuart Davis así de importante: que el amor no tiene opuesto.

Mona no lo sabe, pero la casa está infestada. No he querido comentarle que, según los últimos indicios (un puñado de heces minúsculas en el rellano), el edificio está atestado no solo de los pequeños ratones de siempre, sino también de ratas considerables que esperan su oportunidad para arrancarnos las mejillas. Esto es algo distinto. No vamos a poder seguir aquí por mucho tiempo.

En el zaguán, otra nota de Annette para el Duque: «Dominique. Llevas más de diez años haciéndome la vida imposible. Y aun así me habría gustado volver a verte. ¿Por qué? No lo entiendo».

Por las mañanas cruzo el cementerio para atajar hasta el taller de Alcolea, donde estos días me gusta desayunar de sus alacenas y hacer el pipa mientras él anda a sus cosas. Cruzo Montparnasse en diagonal, vestido con unos pantalones de tergal que compré tirados de precio en la tienda Sympa de la rue d'Orsel y una camiseta de algodón rosa desvaído con el perro Julián de Mariscal en el pecho. Llevo las manos en los bolsillos para aparentar que no tengo nada mejor que hacer que aquello que estoy haciendo. Esa es la estampa. Más no ofrezco.

Cruzo el cementerio (el cementerio como trocha, la viabilidad de la muerte), aunque querría haber escrito el camposanto, pero el caso es que no he sabido cómo hacerlo. No importa. Está todo muy tranquilo. Faltaría más. La característica aquí es que los muertos están un poco afrancesados. Este paseo siempre me atempera pese a que no ofrece ninguna sombra. Después de todo, los cementerios son lugares que se quieren a cielo abierto.

El día arranca muy tratable y dedico este trayecto de apenas diez minutos, quince si me demoro en alguna tumba (porque siempre hay una tumba nueva, no hay día que no muera alguien), a las figuraciones. Si algún día necesito deshacerme de un cadáver, este puede ser buen sitio, aunque para deshacerse de un cadáver hay que madrugar mucho. Me pregunto cuántos de los residentes estarán siendo devorados por miríadas hirvientes de larvas hacendosas y cuántos otros estarán reviviendo ahora mismo en la memoria de sus allegados. Improviso una puesta en escena con inopinados haces de luz vertical, como columnas de Dios sobre parcelas aleatorias, las de aquellos huéspedes que están siendo cavilados en este preciso instante, cuyo recuerdo está condicionando momentáneamente la vida de otros, y de pronto esto se me antoja un parking, la misma idea. Paso a considerar las ofrendas ocultas, un océano subterráneo de juguetes y peluches enterrados junto a los esqueletos breves de quienes murieron niños. Objetos que nos están sobreviviendo. Me figuro el subsuelo como un vergel, como un quiosco o un árbol de Navidad desaforado en las raíces. ¿Cuántos libros habrá bajo mis pies? Me doy al juego de la proliferación e imagino flores labiadas secas entre las páginas y esa idea, esa ocurrencia estando aquí, me lleva a detenerme en el término francés para el libro viejo: «bouquin», y echo en falta o no sé encontrar, siendo el libro viejo el que mayormente manejan los lectores verdaderos (nadie debería comprar libros nuevos, nadie debería escribir nuevos libros nunca más), una palabra en español que ofrezca esa proximidad con el objeto, que nos dé el libro coloquial, circulante, hallado, leído, barato y presto.

A quien le gustan los libros le gustan los cementerios, son la misma cosa, hablar con los muertos al otro lado de una tapia alta. Hago un par de búsquedas en el móvil y entiendo que el libro nuestro, como el francés «livre», viene del latín «liber» que refiere el tejido interior de la corteza de los árboles, aquel que conduce las sustancias nutritivas, ¡la palabra escrita!, y que usamos para fabricar el papel. Ese «bouquin» francés, por su parte, provendría del neerlandés «boeckijin», un diminutivo de «boek» que, como el «book» inglés o el «buch» alemán, tiene también raíz vegetal, «beech» o «buchen», las hayas cuya madera sirvió de soporte a los primeros escritos indoeuropeos. En francés, «bouquiner» designa el leer con levedad, el ir ojeando, pero en francés también, cómo no, espérate, significa aparearse, copular, otro asunto, la polisemia.

Entreverado, el recuerdo de Georges Bataille metiendo en el ataúd de Laure un ejemplar de *El matrimonio del cielo y el infierno*, el libro de William Blake, en traducción de Charles Grolleau (existe al menos una anterior de André Gide), donde se recogían los proverbios del infierno y aquella conjetura deliciosa del diablo: que Dios habría confeccionado el paraíso con lo que pudo saquear del abismo.

Leí a Laure durante la cuarentena por recomendación de su traductor y compilador Diego Blasco Cruces, en una edición diletante y por ello de una generosidad desacostumbrada, pese a que el libro había sido impreso sin distinción por Amazon en su servicio de autoediciones, que al parecer te lo plancha para llevar como quien te arma un perrito caliente, con diligencia pero sin mucha prestancia.

Titulado *Escritos (que deben ser comunicados)*, el libro recoge poemas, cartas y fragmentos diversos, la totalidad de los papeles y alguno más que Bataille y Michel Leiris pusieron en orden a la muerte prematura de Laure en 1938.

Contra la voluntad de su hermano, que entendía como ignominia y patología lo que Leiris y Bataille comprendían como una búsqueda de la pureza total, éstos entregaron a imprenta una primera selección de poemas y otros textos que titularon *Le Sacré*, lo sagrado, en una edición numerada y no venial de doscientos ejemplares. Tal y como se advertía en el colofón, cada uno de aquellos doscientos libros se entregaría en mano a un destinatario particular de una lista que hoy se desconoce, pero en la que cabe contar al menos, como apunta Diego, a los veintitantos miembros de Acéphale, la sociedad secreta que Bataille y Laure habían fundado hacia finales de 1936.

El grupo Acéphale, que fue secreto solo por oposición a la inclemencia pública, que se cerraba a lo exterior para mejor abrirse a la experiencia interior, es recordado, sobre todo, por su estimulante tentativa de llevar a cabo un sacrificio humano. Cuenta la leyenda que se habrían postulado varias víctimas, pero que resultó imposible encontrar un verdugo. La realidad, según Michel Surya en su minuciosa biografía del escritor, fue ligeramente distinta: en su deseo de ser irremediable, y dado que nadie se prestaba a morir, el propio Bataille se ofreció a ello y, en una última cita en el bosque que congregó apenas a cuatro miembros, pidió a sus compañeros que tuvieran a bien ejecutarle. Eran tiempos en que todas las cosas importantes ocurrían en torno a una revista, algo de lo que nosotros, mi generación, llegaremos a vivir la decadencia, que irá pareja al declinar del siglo. La idea de Bataille era, en su unión, en la conjura del sacrificio, fundar el mito, pero aquella tarde «lo irremediable no tuvo lugar».

Desde la distancia he frecuentado mucho a todas aquellas personas y me he proyectado en su tiempo. Laure, Bataille, Leiris, André Masson, Pierre Klossowski... He tratado de estudiar su pensamiento, he leído sus libros y he contemplado sus dibujos, he husmeado en sus revistas y en sus fotografías, he asumido toda la problemática cultural que en los mejores momentos me han proporcionado sus obras, he querido evocar su mirada en los lugares que vivieron o deambularon preguntándome qué han hecho de mí. Volver a escribir sus nombres me sirve ahora para reconocer sus recuerdos como propios. Esa mitología de proximidad que constituyen cuatro amigos con aptitudes para el desgarro, empeñados en celebrar en un llanto violento este milagro estrafalario que somos, fundiendo el sexo y la muerte, el acabose, lo imposible, esta impotencia todopoderosa, y combatiendo intelectual y físicamente (huyendo de él) el fascismo que iba a devastar Europa, que se veía venir y que todavía nos pone en duda y en evidencia de aquí a entonces (nos pone en evidencia de ida y vuelta), esa mitología tan menuda de escritores y dibujantes, digo, lleva acompañándome la mitad de la vida y todavía me hace el servicio en noches acostumbradas, perfectas o temibles como se dan a veces las noches cuando trascienden el descanso y cuajan en soledad, cuando no duermo y me quedo escribiendo y trato de entender por qué lo hago, por qué estoy aquí sentado escribiendo esto, sin ir más lejos, por qué no ir más lejos, quiero decir, esa es la cuestión que se me presenta mientras cruzo chano chano el camposanto.

Sé que Laure fue enterrada en una sepultura sin nombre, que viene a ser lo peor que te puede pasar en la vida, con perdón, tal vez peor que morirse, madre mía, que te omitan, un no haber sido, porque una tumba sin identificación es trascender el anonimato, el brocal de un pozo, un alarido, ¡un sinvivir! Ah, pero que no den contigo ni de cuerpo presente es también un triunfo, ausentarse muy seriamente, tomar tierra y pretender no haber formado parte de esta comedia. Tal vez, ahora sí, descansar en paz. «Me han escondido la vida», había escrito Laure.

Laure, que ni siquiera se llamaba Laure, sino Colette Peignot.

Años después, Diego Blasco Cruces se refiere así a los textos de aquella mujer frágil y arrojada que aspiró a la santidad por el camino de la abyección: «Quien quiera ser feliz hallará en ellos todo aquello de lo que debe huir: dignidad, fidelidad con la verdad, sinceridad y compromiso con uno mismo».

Alcolea nació en Barcelona pero lleva tiempo viviendo aquí, donde ahora ha estado trabajando en una pequeña producción gala, una película de avanzada, meditativa, que según creo entender pretende propagar ideas mágicas hablando de males y remedios.

Aunque en estas páginas comparece como pintor, que es como lo conocí, Alcolea también se emplea en el cine y en la fotografía, dos disciplinas que trabajan con la luz, pero que a veces se hacen sombra por una cuestión de finalidades. Tal vez porque la pintura no sabe qué persigue, mira hacia dentro (dentro de uno nunca hay buena luz y sin embargo no tiene pérdida), mientras la fotografía, infundida de autoridad en su chasquido, se asoma y nos burla y por tradición miente más que habla.

Pretende estar fijando el acontecimiento, pero mucho ojo con la fotografía.

El estatuto del Alcolea pintor, en todo caso, es leve y fresco y ejerce libre de cuidados, sin recelos. Alcolea es un pintor de manos limpias, creo que no le molestará que diga esto. Lo del cine es otra cosa. Ahí está el misterio de las tomas. ¿De dónde sale una toma buena? ¿Cuándo llega? ¿Por qué lo es? ¿Quieres leche en el café? No. Sí. Ponme un poco, una lágrima. Tomaré un expreso, aunque no sé por qué llamo así al café.

En la pequeña pantalla del ordenador dos hombres comparten mesa en el restaurante del balneario. Alcolea me da el contexto de la ficción: son un cirujano y su paciente, y esto ocurre en la víspera o tal vez unos días antes de que uno opere al otro a corazón abierto. Mientras los personajes conversan se aprecia un sonido ambiente de gemidos y lamentos que podrían confundirse con el sexo, pero que entiendo ha de ser la muerte viniéndoles a los viejos que rondan el establecimiento en albornoz, que es como supongo que hay que recibir a la muerte, con atuendo de posterioridad. El cirujano, encarnado por un actor que me es familiar, hace un comentario que presume su habilidad para corregir los cuerpos, y la aseveración se ve subrayada por el inserto a media frase de un plano detalle que atiende a la hoja de su cuchillo untando crema de patata sobre un pedazo de solomillo pinchado en el tenedor.

Es una escena estrambótica. Tal vez algo conceptual. Por lo que me ha avanzado Alcolea, la película se pretende un cine elíptico que sea a la vez misterio y libertad del espectador, esotérico, ya que se haría revelador en sus ocultaciones, pero aquí los fondos son demasiado oscuros y embeben la luz de la escena, que encuentro disparatada, grasienta, de mucho fasto. Sin conocer el guion ni el carácter de la historia, sospecho que el dire de foto se puede haber pasado de faena, pero me reservo la observación porque no encuentro cómo justificarla. También es posible que esté yo descaminado, puede que sea un reflejo condicionado por ese gusto mío particular por las películas que parecen ocurrir en descampados mentales. Mi falta de imaginación se aviene muy bien con las escenografías desprovistas que con un Rolodex y tres carpesanos te arman una oficina, la idea de una oficina, la descripción de una oficina y el sueño literario de una oficina, que es lo contrario del cine. Una luz y una fotografía francas y unos decorados que se confíen en plantar a la vista recuerdos elementales que no serán tampoco recuerdos, ya que no son nada de nadie, me suelen llevar a conjeturar que aquello no tiene otro fundamento que el de la farsa erótica, que los actores van a ponerse en cualquier momento al temario, a la follación, y ahí ya empiezo a intuir algo cierto y es cuando acepto el pacto.

Alcolea vuelve a reproducir la escena. Observo que el médico mira a un único punto y no parpadea ni una sola vez. Entiendo que es un sutil recurso de interpretación en el que nadie va a reparar, el más antiguo, y que contribuirá a deshumanizarlo y nos acercará a los miedos del paciente, al que en cuestión de horas le insuflarán dióxido de carbono y verá su estómago inflarse como un globo. Sin pestañear, como digo, el médico detalla las maniobras vicarias que entonces se esperan de su cirujano robótico, que actuará según las órdenes que él, sin ensuciarse las manos, emita a los pedales de su consola. Y es ahí cuando entra el plano del solomillo y la gramática se me hace refleja.

Le comento a Alcolea que el inserto me resulta un poco morboso, pero enseguida rectifico hacia la idea de una vulgaridad óptima, adecuada, no puedo hacerle esto. Me habla de una persona especializada en preparar comida, pero prepararla para la ficción, un estilista de alimentos que con un soplete ha maquillado ese solomillo en su punto justo de humedad y textura, que lo ha barnizado a pincel con caldo concentrado Bovril y que se ha ocupado, con la ayuda de un vapeador, de que humee estupendo en el tenedor. Fuera de plano, en el banquillo, esperaban dispuestos cuatro tenedores con su pedazo de carne idéntica, previniendo cuatro tomas que no fueron necesarias. En el cine nada es lo que parece, casi nunca me acuerdo. El puré de patatas sí, es puré de patatas, con puré de patatas se hacen las bolas de helado en el cine, su fotogenia es legendaria.

La vulgaridad es un desafío, eso es cierto. Advierto que me estoy disculpando a medio recorrido, que me estoy llevando del pescuezo a un lugar más sencillo, a vivir en comunidad, me estoy moderando porque es cierto que hay que sofisticar mucho el gusto hasta ser capaz de encabalgarse en la vulgaridad, no pasa nada.

La vulgaridad, estomagante en tantos ámbitos, contrarresta en muchos casos esa traición a la verdad en la que perseveramos por defecto, con la que nos relacionamos. Ese fraude moral que llevamos a cabo todos los días con nuestra pantomima, en cada gesto, en nuestros modos sociales, en la necesidad de gustar, eso sí es una ordinariez, Alcolea. La vulgaridad franca, no obstante, puede concebirse como revelación. Como un puñetazo en la mesa que nos elevará por una milésima de segundo. Tal vez no caeremos de pie, pero eso todavía no podemos saberlo.

Ah, el almuerzo desnudo, ahora caigo: fue Kerouac quien le sugirió a Burroughs el título de su libro *El almuerzo desnudo*, una traducción que siempre me ha tenido descontento, pero a la que no encuentro alternativa, para referir ese instante sostenido en el que todos vemos lo que hay pinchado en nuestro tenedor. Ese ahora de estupor que puede ser el arranque de la poesía.

Ese tenedor, que es tal porque «tiene», nos recuerda que las palabras en acto son las que hemos olvidado. ¿Te das cuenta? William Burroughs nos recordó muchas cosas. Que nada existe hasta que no es observado, por ejemplo, y que el amor es un analgésico natural. Yo digo ahora que la vulgaridad candeal ilumina nuestros parajes esenciales, nos da a ver, y que los mediocres no pueden permitírsela.

Perdóname todas estas citas tan obvias, anoche estuvimos bebiendo y después de beber seguimos bebiendo. Alguien, me temo que con intención más decorativa que de abastecimiento, había cometido la imprudencia de instalar un botellero junto a la entrada, así que al salir escamoteamos un vino bien majo, sorprendente, Orsanco, un rioja, pone aquí, y lo descorchamos hacia dentro de mala manera y estuvimos chumando de la botella sentados al fresco en las escaleras de piedra.

La pintura de Ramon Casas, por ejemplo. Déjame explicarte esto porque es una información preciosa. Ramon Casas pintó varias escenas taurinas que normalmente ambientaba en aquella plaza que había en la Barceloneta, El Torín, en el barrio de la playa. Barcelona fue una ciudad muy taurina que llegó tener tres cosos de categoría. Aquella plaza en primera línea de mar fue famosa porque cuando los toros salían mansos el pueblo se echaba a quemar conventos, qué placer y qué orgullo me da escribir esto. Casas situó también alguna escena en Madrid, como la entrada a una corrida en Las Ventas que pinta en 1885, pero lo que hace en esos casos, en su modernismo, es irse a Sitges a buscar la luz de Madrid.

Pinta la plaza de Las Ventas pero no le convencen las sombras duras de la capital, que tiene un cielo muy azul, sin humedad, que no refleja nada, así que lo que hace el tío es atravesar este país oscurantista y soleado hasta la costa catalana del Garraf y de allí toma unas sombras más suaves, mediterráneas, porque sabe que en la sombra es donde reside el alma de los hombres, y esa luz marítima la aplica a sus cuadros y ahí me explico yo el cielo claro de Las Ventas y que algunas tardes de las cienes que he pasado allí yo solo comiendo pipas me pueda haber olido a salitre el mirar la playa del albero.

El pequeño Alcolea se inspecciona un codo. Yo mismo no estoy satisfecho con mis apreciaciones, pero nos conocemos de muchos años y sé que tengo en él cierta ascendencia, que me escucha. Las excepciones hacen de él alguien a tener en cuenta, es una persona cuya existencia me cambia, muy importante en mi vida. Con él veo cosas que sin él no vería.

Desautorizado o no, sorbo del expreso helado, este café de cualidades ferroviarias, y deambulo su estudio que es también su vivienda (un espacio diáfano con un altillo en el que duerme, es una antigua imprenta) como si recorriera la caja de un teatro. Curioseo entre la acequia de lienzos dispuestos de cara a las paredes, evitando al pintor la repugnancia de la propia obra. Todas estas escenas son todavía pasajes, cuando alguien les ponga un marco pasarán a ser ventanas. Me intereso por un coche negro aparcado frente al mar. Tiene el capó en llamas y desprende una nube negra y tupida que cubre un tercio del cuadro. Me atrae mucho, pero no se lo digo porque no es momento, parecería una dádiva.

Alcolea me hace notar algo que nos concierne a todos. Habla del campo visual que cada uno tiene ante sí, con su colorido, su agrupación de formas y su organización, y del choque o la impresión cromática que debería vencernos cuando repentinamente, atraídos por un ruido o un pensamiento, desviamos la mirada al detalle y la musicalidad fósil de una riada de tráfico se transforma en un cúmulo de hortensias añiles a nuestros pies. Para Alcolea, que este cambio en el registro de color suceda sin mayor trauma ni percance para nuestra salud mental resulta inquietante. Son las radiaciones, misterios de la percepción. La imagen natural es incesante y su cometido es rompernos los esquemas, observa examinando las fotos de un viejo ejemplar de *Mad Movies*.

Lo escucho, lo escucho. Lo estoy escuchando. Mientras lo hago me demoro en su biblioteca, que, si bien no se ha dado a la tauromaquia, es idéntica a la mía en más de un estante. Entre sus libros de cine detecto nombres por los que ambos profesamos simpatía y agradecimiento: Paul Verhoeven, Claude Mulot, Nick Millard, Takeshi Kitano, Lucio Fulci, Kōji Wakamatsu… Poetas que son mi hogar o que en ocasiones me han dado cobijo en sus películas llenas de secretos y de humanidad, algo que no olvidaré nunca. Y de pronto comprendo: para Alcolea, como para los niños, cada imagen es el mundo entero.

Mona y yo hemos vuelto a discutir no recuerdo por qué. La dimensión trágica está siempre en el desarrollo de la disputa, nunca en la causa. La causa es indiferente, yo qué sé, una sarta de callares, de decir o no decir las cosas, un cúmulo de tiempo en la boca de un embudo, menuda mierda.

El desencuentro nos ha pillado a la intemperie y ahora llevamos un rato bogando en esta modalidad nuestra asordinada, rudimentaria en trámites y atenuantes, dejando la mirada al descuido y rehusando el uno la del otro, aplicándonos en no vernos sin perdernos de vista, los gestos lentos untados de esa indolencia ceremonial. En esta situación que tan bien conozco siento que me avasallo, y en mi descampado íntimo paso a ser, todo yo, hábito e inmanencia. Mi peor enemigo. El disgusto siempre viene de uno mismo, el otro solo trae decepción, un recordatorio.

Sentados en la ribera, herméticos, con la tempestad a la espalda, ella ojea el libro de Tomi Ungerer de guardas naranjas que he comprado en la librería del final de la calle y yo vigilo su respiración, trato de recuperar mi lugar en su aliento. No recuerdo qué lleva puesto porque Mona tiende a vestir con colores neutros que me es imposible asimilar. Supongo que esa es la característica de los colores neutros, su idoneidad en todas las ocasiones y el derogar la memoria, no significar nada.

El viento riza la superficie del canal, el agua oleosa se estremece y etcétera pero haré caso omiso, no hablaré de eso, no voy a escribir de los fenómenos atmosféricos, sería como hablar del tiempo. El tema es que una carpa brinca de súbito y Mona se sobresalta y en ese repente volvemos a tomar contacto, salvamos la tarde.

Todo me sirve. Una risa en la otra orilla, el puente levadizo, ese pez, mis cualidades. Cualquier resalte parece un acto y un efecto y como tal será adecuado para ir paliando esta desdicha. En el futuro necesitaremos un cachalote, pero hoy por hoy es suficiente la comparecencia de este vertebrado ordinario.

Luego, afectados por la emergencia benéfica de la carpa (puede que fuera un siluro, qué sabré yo) andaremos mirando con suspicacia la fauna urbana, nos encogemos en reflejos vergonzosos cuando nos sobrevuelan las palomas, giramos la cara, recorremos lo que queda del viernes (*the remains of the day*) instalados en una alerta ante lo inesperado, ya ves tú, qué despropósito, vivir así un viernes.

Remonto la rue Oberkampf sin prisa alguna en flagrante decepción, ininteligible para mí mismo, y trato de disculpar toda esta escritura alambicada y tan dada a la retórica recordándome que el origen de mi pensamiento es antropomórfico, que no puedo situarme más que en el pensamiento del hombre desde el hombre. Y aquí estamos.

Al ser escritor, de los ciertos, además, el mejor del mundo, llevo prendidos del bolsillo interior tres útiles, tres bolígrafos como tres alfanjes que varias veces a lo largo del día me van dando el gesto de desenfundar, y hago lo que puedo para, desde mis zapatos remendados (aquí ya he perdido la razón, no sé de qué zapatos hablo ni a qué literatura me estoy abonando ahora mismo), intentar una glosa. Eso iba a decir. Glosar al hombre. ¿Se me va entendiendo?

Suena «I'm Not Your Dog», donde Baxter Dury canta «no soy tu puto amigo, no soy tu perro, pero te he estado siguiendo a todas partes». Pienso en el desgarrador final del «Ne me quitte pas», cuando Brel propone anularse para no volver a llorar, para ni siquiera hablar, dice. A esas alturas de la canción ya solo ruega que se le permita ser. Seguir siendo, canta, pero en verdad no habla de ser, sino de estar. O no, ni siquiera es eso, ahora lo veo, lo que pide es seguir existiendo, existir todavía en ella. Y de ahí a derrumbarse en esa última estrofa donde suplica permiso para convertirse «en la sombra de tu sombra, la sombra de tu mano, la sombra de tu perro». Lo que sea, pero no me dejes, gimotea más que canta el galán belga.

La canción más humillante de la historia moderna lo es porque presenta ingeniería de bumerán. Jacques Brel la escribió al término de su relación con Suzanne Gabriello, pero, y he ahí el retruécano, había sido él quien la había abandonado a ella. Preñada, además. Es una canción de culpa y de penitencia, de no soportar uno mismo la propia vileza. El no poder vivirse y cantarlo. Sin embargo, cantar. En algo semejante consiste el flamenco, el ay que sube solo, cantar porque duele. A veces referir un goce tan intenso que se ha hecho indistinguible del dolor.

Hace unos días, bajando la calle Toledo de Madrid en busca de un sitio donde comprar tortas de aceite, alcé la mirada y un edificio voló por los aires. Un escape de gas, que llevaba un par de horas filtrándose a presión desde el subsuelo por todas las fisuras que podía encontrar, colmó aquel edificio de siete plantas que, rondando las tres de la tarde, deflagró en un estallido que sacudió medio barrio. Una destrucción sobrevenida sin belleza, sin fuego, que mató a cuatro personas y dejó el inmueble en el costillar. Lo siguiente, un hecho inmediato pero que proponía a los sentidos un sutil desfase horario, como si viniera de otra parte, fueron una lluvia demorada de escombro, una variación en el sonido ambiente y toda esa ceniza inclemente nevando los alrededores, la calzada, los coches, las fachadas vecinas, los rostros y el cabello de los viandantes enharinados, de los que solo se entiende el estupor y algunos coágulos de sangre. Una respuesta. El mundo un poco revelado en esa fina mortaja de blanco impávido sembrado de ojos.

Trato de recordar el estruendo pero no consigo aislarlo del primer instante, del susto donde alarma y confusión desbarataron la fragua de un miedo que, para comparecer, habría necesitado más tiempo. Menos, quiero decir, menos tiempo para hacerse preguntas.

De la muerte se habla a veces como de «la otra vida». ¿La otra vida es la muerte? ¿Qué trampa dialéctica es esa? La pregunta ha de ser cómo actúa, cómo obra la muerte. Hemos oído hablar de sus métodos y sabemos cómo se las gasta, pero nadie sabe bien cómo se muere uno. ¿Se adueña la muerte del cuerpo? ¿Llega como una herrumbre? Hay quien entiende que la muerte espera y que hay que hacerse de rogar, y hay quien piensa que la muerte viene detrás, que se pasa el tiempo buscando la vida, acechándola, que nos pisa los talones con toda su familia, la familia de la muerte si es que la muerte tiene familia, y se trata entonces de escapar, huir de ella, no detenerse, echar a correr. Cabe también la opción de pensar en la muerte a término, en aceptar la muerte como manera de aceptar vivir. ¿Nos saldrá entonces la muerte al encuentro? Como sea, la muerte debe ser un objetivo, un destino, un fin, un confín y una finalidad. ¿A cuánto estaremos de ella, a trescientos metros, a quince mil kilómetros? El terror, entonces, todos esos libros y esas películas que llevo siempre conmigo, vendrían a ser la vida embelleciendo la muerte, poniéndole alfombras rojas y luego una zancadilla.

Desde un punto de vista intelectual sueño con destruirme, con alcanzar un confín. Desde lo instintivo, sin embargo, me doy a la prudencia. Rememoro aquel ruido atronador en mitad de esta madrugada tan calma y detengo la atención en esa palabra que consta y que existe aunque no sepamos cómo usarla, es inútil, no sé para qué la queremos, el conticinio, un término que define el lapso nocturno en que todo es quietud.

El conticinio, vuelvo a escribirlo y será la última vez que lo haga, es ese momento de la noche en que reina un silencio absoluto, si es que el silencio, desde su inexistencia metafísica, puede ser absoluto. Si es que el silencio no está siendo, desde que empieza hasta que termina, en sí mismo relativo.

Mona ha llegado al camarote remoloneando las paredes, viajando el barco entero un poco ida a voluntad, dejándose. Lleva las tetas campesinas, le rebosa el escote y hace horas que sus bragas son miel. Lo serían, digo, es un decir, si las llevase, porque antes de salir, mientras se arreglaban para la boda, y esto parece una tosca fantasía masculina pero solo responde a las circunstancias, Carmen determinó que el vestido amarillo de raso que Mona había elegido transparentaba cualquier propósito, no era aceptable, y sugirió que iba a ser preferible, en un envés del sentido, no vestir nada debajo. Las mujeres, en convenio, han decidido algo no tan palmario como transparentar las bragas, el culo en entredicho, y en su lugar dar un todo, de pronto una claridad para quien quisiera atenderla, el trasero meridiano. El remedio y la enfermedad, algo de eso. «Voy un poco cachonda», me ha dicho ya al salir de la ceremonia.

La escena se ha ido conformando de manera espontánea en el convite. Mona elemental, tan mundana como la conozco, se ha estado manejando con una soberanía velada pero incontestable. El cuerpo expreso y el espíritu opulento, de misa reciente. Todos allí han sabido quién estaba decidiendo lo que parecía por ocurrir y la dedicación de todos era seguir enjabonando la circunstancia, ser propicios, obtenerla. Obtener a Mona. Y todo en ella se ha ido orientando a la colaboración.

Mona desbordada y plural, su tripa redonda, la tela en la hendidura de esas nalgas llenas, todos sus dones y la sombra de ojos. El maquillaje no es más que una angélica señalización genital, desplazamientos. Hombres y mujeres le ojean los andares. Se quiere señorial pero se contonea más de la cuenta, desarbolada, el pecho abundante bailando bajo el vestido que se ciñe en las caderas. El recinto tan sabido de su cuerpo recobrándose en todas esas miradas. Yo por mi parte hago lo que puedo.

Según dicta el protocolo, nadie puede quedarse en mangas de camisa si antes no lo hace el novio, no puedo decir que no esté informado al respecto, pero soy incapaz de comerme esta pularda rellena de no sé qué rayos con la chaqueta puesta. Esta gente vive en la más absoluta cohesión. Están todos programados para ser lo mismo. Disfrutan la observancia de las normas y el reglamento, agradecen los rigores y eligen someterse. Me quito pues la americana en este lugar sin ideas y a ratos atizo la escena y en otros momentos siento una desafección. Me he descubierto tomando desvíos en la conversación que enseguida eran atajados por el resto.

En una de las ocasiones en que ha vuelto del baño, un primo de la prima de su primo (lo que sea, demasiada gente aquí, una boda en alta mar, pero ¿esto no se daba solo en última instancia?) ha rectificado el ángulo y se ha empleado en cortejarla por cuenta propia. Pero Mona no concede, en ningún momento se va a rezagar en él, quiere recordarme que esto solo está ocurriendo porque yo estoy presente, así que en su ofrenda, y me asombra su habilidad para dármelo a entender con un sencillo hilván de miradas en las que no estoy contemplado, se repartirá entre ese y el otro hombre, un italiano que desde el primer momento me ha recordado al Féodor Atkine de los primeros años ochenta.

Percibo y me enardece cómo se va cultivando en ella el mal de la lujuria, que prende junto a la pista de baile, sentada entre los dos hombres. Suculenta de pensamiento y obra, les muestra un vídeo en el móvil y entre risas, en un lento abandono, separa las piernas para despegarse los labios y dejar que se le abra el coño engreído y rojo y de la entrepierna sucia del día asciende un aroma imperante que arrasa definitivamente con el olor a peluquería.

El coño expuesto de Mona trae una idea equívoca: que el sexo es visible. Que se puede ver representado y que está ahí y que tiene lugar. Pero el sexo no es algo visible, no es manifiesto. La imagen obscena escrita no existe. En literatura no hay obscenidad posible porque cabe todo, todo está permitido por escrito, incluso el empeño de fijar la imagen de tu coño abierto apestando a sexo, a vacío, a que te la metan. La escritura es el pensamiento de la imagen, la descripción desesperada de una verdad. La imagen es la propia literatura. El lenguaje del coño, tan elocuente, que no me habla pero me dice y cuyos mandatos no puedo sino acatar. El coño que no sé escribir, presente, clara de huevo, irrigado de saberse fin, la herida acuática y fundamental de la que tanto se ha escrito y que tan difícil hace ahora hablar de ella en esos o en cualesquiera otros términos.

Me alejo para verla bailar, aunque solo me interesa su rostro. En el baño me descubro el capullo brillante y baboso y orino largo y tendido. Junto a la barra una muchacha ebria me abanica el rostro y cuando vuelvo con más bebidas ellos no saben que me dan miedo, que los hombres me parecen temibles en tanto que hombres, porque los conozco, sé quién soy y sé que la presencia de una hembra tan fértil puede reflotar cosas muy antiguas. Es cierto que las mujeres deben protegerse de los hombres, conociéndolos. Mona lo hace hoy a su manera. Está más excitada de lo que puede soportar, lo sé porque cuando el deseo la vence se le pone la pena en la mirada.

Me apetece que se descubra las tetas para esos dos hombres y así lo entiende cuando me acerco para entregarle la copa y me da la mirada larga, en su rostro un fulgor que es nuestro y nadie más puede ver, y pondera la escena y se desabotona el primer botón de la blusa. Se nos muestra. Quiero verla fecundada, extraer el animal, comprenderla entera. Quiero cobrarme toda su indecencia porque es lo más próximo que puedo estar del crimen y de una moral elegida, específica. Todo este derroche, este agotar el mundo donde Mona no sé si se completa o se descompone. Durante un relámpago la considero inmunda.

A lo largo de la noche el diálogo se irá espaciando, desaparecerá y brotarán suspiros, otras cosas, preocupaciones, los gemidos de Mona, que se deja tocar sin abrir los ojos, revolviéndose en la cama, sin mirar, sintiendo dos, tres y cuatro manos recorriéndole el cuerpo, abriéndose paso, su culo rosa como el de una cerda, las palabras ya inútiles, cinco folios de pormenores que ahora mismo he arrancado por considerar accesorios, intolerables, sus bragas en el suelo perladas de flujo y denigradas en un recuerdo de mierda. ¡Pero si no llevaba bragas! ¡En qué quedamos! La van a follar en silencio, creo que por no molestar.

El día de mañana, que es decir el día siguiente, me encontrará vacío y solo en tierra, un tanto ridículo y embriagado de todo este desorden. Se impondrá cierto silencio, ella sucia de hombres. Será la jornada del deseo entregado y perdido, el día sonámbulo donde el momento del placer queda atrás para siempre y ya solo podemos encomendarnos al recuerdo y a la esperanza de la repetición. No está de más recordar, en cualquier caso, aquello de que una vez es filosofía y dos son perversión.

Mona dormita el domingo. En cierto modo parece posar, pero al saberla en duermevela la entiendo naturaleza, no cabe el retrato, y así tan quieta, desconocida de sí misma, la dibujo como si fuera un paisaje con un lápiz blando en unos cuadernos en este domingo de tantos sin objeto ni repercusión. Está agotada y siente cierta vergüenza, pero se excita al más mínimo impulso eléctrico, sus entrañas todavía en carne viva. A media tarde, sosegada, me ruega que le permita afeitarme. Escucho la calle amena mientras me entrego a su delicadeza.

He estado almorzando con F. en una terraza. De primero nada y de segundo tampoco. Cuando me acerco sonríe y encubre una garambaina, dos toquecitos con el índice sobre el auricular blanco para despedir la llamada perpetua en la que está afincado. Me inquieto ya en los primeros minutos de nuestra cita, que se orienta sin remisión hacia lugares comunes. Aun así, me veo empujado a protegerlo de mi enojo bajo una inicial.

F. es, si lo decimos en hortera, un organismo perfectamente adaptado a las condiciones ambientales. Me abruman su sentido práctico y sus inercias, que son todas: hacia la multitud, hacia el trabajo, hacia la dejación del espíritu. Me siento inservible escuchándolo, todo lo que puedo aportar es de orden especulativo y los nebulizadores me empañan las gafas de cerca, se me está haciendo difícil considerar las opciones que ofrece el menú, así que desconecto de la conversación, que en todo caso es fácil sostener con modismos, cuando reparo en una chica cerca de nosotros que arrastra una maleta llorando al móvil. ¿Cómo saber si esto va a ser un recuerdo?

La chica va y viene de sí misma en apenas tres metros cuadrados que ha decidido la superficie de su congoja, ahí se expresa, debajo de un tilo. No da con su destino ni consiente su paradero. Llora y trato de no escucharle el llanto. Elijo no mirarla, la miro de oídas, figurándome respetuoso con una intimidad que ella misma profana y exhibe, desgarrada de amor. Porque en este momento no somos, para ella nada es, no existe más horizonte que su interlocutor, que es también su verdugo. Solo alcanzo a oír algunas palabras aisladas, pero entiendo su desesperación y su urgencia por detener el tiempo, por impedir que cada minuto que pasa sepulte unos acontecimientos que ya se han desencadenado.

La primera acepción del escrúpulo es una china, la piedrecilla que se te cuela en el calzado. Luego, por extensión semántica, es también esa inquietud de la conciencia que en F. ni comparece ni se la espera. Sus cualidades son mercantiles. Se dedica a comerciar, como el diablo, y para desenvolverse en ese negociado psicológico es conveniente una moral cómoda, contemplar solo el aspecto tangible de la duda, el riesgo material. Ponderado eso, todo vale.

Nuestra conversación está plagada de membranas impenetrables. No me escucha. Cada idea que le ofrezco se solidifica y cae a plomo a nuestros pies antes de realizarse en él. La velocidad de su habla, hecha de acelerones, culmina cuando se ríe por la nariz, momento en que pongo todo mi esfuerzo en identificar el bodegón de mi ensalada: helado de tomate, anchoas, brotes de alfalfa, demasiado conflicto. La cubertería no pesa lo suficiente, es de aluminio, el recorrido de cada bocado me hace sentir enfermo, más o menos mortal.

F., que si no ha venido en coche es que ha venido en moto, en berlina, en cabriolé o en landó, no ha llegado a reparar en la chica de la maleta. No la ha visto ni la va a ver nunca. Su relación con el mundo es instrumental, vive instalado en el fenómeno estético que es la realidad y de su alrededor percibe lo justo, lo que precisa. Esto puede que se deba a que el moverse a diario en coche o en moto o en volandas le esté escaseando la ciudad, una buena parte. Es la problemática del rumbo. Someterse a las mecánicas del desplazamiento en una dirección, hacia un propósito, disminuyen la abundancia del pensamiento, su errancia y sus estupefacciones. F., en su afán de santiamén, no conoce esta ciudad, solo sus itinerarios. Lo más retorcido es que en sus usos cotidianos evita caminar, pero luego resulta ser uno de esos individuos que corren, otra de esas personas embrutecidas por el deporte y por las dinámicas del deporte que tienen en casa una indumentaria específica para bajar a la calle y echar a correr oyendo música, escuchando una *playlist* ad hoc *(run for hire)*, un rosario de canciones motivacionales en las que inmolarse, está completamente loco. No entiendo qué prisas. No puedo entenderlo. Una ciudad solo puede amarse a pie.

La chica de la maleta está embarazada, se le ve en los ojos. No sé si ella lo sabe todavía, pero su mirada no deja lugar para la duda, está llena de otra cosa, de algo que no es ella, de toros y soles. Embargada y completa en su desventura, pasea su tormento en ese breve espacio de tierra y su padecer prefigura el mártir, lo que hace todavía más insustancial la cháchara obtusa de este amigo mío que se quiere íntegramente útil a la máquina, imprescindible al engranaje, y ahora me habla de esto y de aquello y de lo de más allá y se excusa en que le encanta su trabajo pero su trabajo es lo de menos, lo que le gusta es trabajar. F. se pasa la vida persiguiéndose a sí mismo. Es un hombre con responsabilidades, muy dado a ellas. El trabajo es lo primero para él. Para mí nada es lo primero, eso es lo que nos enfrenta. ¡Menudo traje le estoy haciendo! Es palmario que entre nosotros solo queda la estima de la costumbre, un afecto residual que ya no puede reintegrarse en amistad. Me resisto a recompensar las opiniones y noticias que me comparte.

Cada parecer que sale de su boca es broza, nada de lo que dice va a poder ser usado nunca en su contra porque no dice nada, es vano. Su conversación, en torno al beneficio, las preocupaciones y los vaivenes laborales, incluye menciones constantes a amigos comunes y conocidos como vectores de rentabilidad, F. pondera a quién le va bien y a quién peor. En mi cabeza se manifiesta una vaquita con un acordeón. A mí solo me interesa el amor, ¿de qué me está hablando este idiota? Lo escucho, me apercibo, con la mano abovedada sobre mis gafas de ver (de mirar), protegiéndolas como a una araña poca y buena dormida sobre la mesa, y sin la cual ya no puedo ser del todo. A F. siempre lo habíamos llamado Gaviota, pero nadie recordamos por qué.

Encuentro cierta satisfacción fisiológica en la cafeína, aunque la cuenta me resulta bastante elevada no sé si porque me he quedado con hambre (el filete estaba espalmado) o porque nuestro encuentro me ha hundido en la tristeza. Me sentiré estúpido al menos hasta media tarde revisando el estatuto de nuestra amistad, si bien con el café bebido estoy decidiendo que no volveremos a vernos.

Me encuentro algo envenenado. Confiar en mí me pone un poco triste. ¿Qué es todo esto? ¿Qué es lo que prevalece? ¿Qué desaparecerá conmigo? F. fue adiestrado para ser lo que es, funcionó, y yo ahora no puedo dejar de sentirme un miserable juzgando su alma marchita mientras con la punta de la lengua me paso revista entre los dientes. El escrúpulo se desintegra en la transigencia, en el tolerar conductas ridículas en los demás para permitirnos las nuestras sin desaprobaciones.

F., que en su infantilismo siempre ha salido con chicas guapas, me reconquista un poco cuando me comparte que una mañana de hace tres meses le pidió matrimonio a su novia, y ella todavía no le ha dado una respuesta.

La masculinidad viene a ser un poco todo lo contrario. De qué, no se sabe. Si especulamos, tal vez se puede decir que la masculinidad es una ola por romper, quizás una dotación, puede que un depósito. Me pidió Bárbara que escribiera sobre el tema, no sé muy bien con qué fin.

La masculinidad es un atuendo de elegancia, son promesas de honestidad y ardor. En el fondo, y pese a los sociólogos, los antropólogos o quienes sean las personas disciplinarias que exploran estos misterios de la conducta, la masculinidad no es más que un hermoso rasgo postural o de carácter que hoy hay quien considera antiguo, entre otras cosas porque en estos tiempos cosméticos escasea y la masculinidad no es algo que pueda simularse. La masculinidad impostada resulta grotesca y carece de la funcionalidad que sí puede mantener la feminidad cuando se sobreactúa o incorpora postizos, y esto ocurre porque las mujeres, incluso aquellas más ligeras de cascos, disponen de una suspicacia y una intuición de la que los hombres, siempre gravitando nuestro deseo en torno a lo ilusorio, solemos carecer. Hay quien considera que esto no debería enunciarse de esta manera, que es una ordinariez. Existen hombres, incluso, que sostienen que esta diferenciación que hago es algo que está cambiando, que se está diluyendo, y puede que así sea porque la masculinidad en este momento está devaluada, tiene mala prensa y poca aplicación económica. Pero a la masculinidad, que nada tiene que ver con esos otros hombres que hacen apresto de virilidad, esto no le importa porque es ajena a modas y derivas y en su autonomía sigue siendo, no puede dejar de ser porque es en sí misma y es así y de esta manera, en femenino.

Esto me lleva a la idea ya clásica de que la mujer ideal, para un hombre, va a ser siempre un hombre, una representación, con lo cual la masculinidad podría estar siendo, a estas alturas, una mariconada con todas las letras. Una homosexualidad filosófica, si se quiere, pero ni siquiera esa perspectiva le restaría belleza.

El lugar donde por lo general va a morir la masculinidad es a la pareja, al matrimonio, que es el telón cayendo de todas las comedias románticas (un género de la fantasía que se cuida mucho de no dar secuelas), y sin embargo es también en el matrimonio donde podría encontrarse el ejemplar más desarrollado de masculinidad, el más fuerte al haberse mantenido incorruptible en terreno tan estéril para idealismos. El hombre estoico, responsable y bueno que ha de ser el hombre casado.

Si somos frívolos o nos ponemos muy serios, lo que sea que estemos haciendo, la masculinidad podría medirse en el número de parejas que está dispuesto a declinar un hombre, y si hubiera que aislarla la localizaríamos en el punto exacto entre lo que se dice y lo que se hace. Hay que conceder, por tanto, que la masculinidad es algo íntimo y personal. Muy íntimo y muy personal.

Para ser masculino se diría que ni siquiera hace falta ser un hombre, que basta con estarse callado, aunque para ser torero lo primero es parecerlo y por lo tanto sería deseable que el hombre masculino tuviera la voz grande y amplia como una folclórica y sería deseable que la tuviera así incluso cuando permanece en silencio.

¿Y ESTA MISTERIOSA ALEGRÍA? Trato de elegir unas sábanas. Observo que los compradores se dan a un primer impulso cromático antes de acariciarlas con la mano soñolienta en el propósito de obtener las cualidades del tejido, de despertarle a la prenda (porque una sábana es una prenda, un manto) el afecto y las promesas de bienestar. Deberían cerrar los ojos.

Pero mi inquietud es la arruga. Ese mar blanco y tratable de la cama por hacer. La geografía de que serán capaces una vez dormidas, estas sábanas. Antes habrá que lavarlas, me digo, y me imagino en babia cada noche, limpiando en ellas los cristales de las gafas de leer durante mucho más tiempo del necesario, ayudándome a llevar la mirada más lejos.

Es lunes y todavía te quiero. No sé a quién me dirijo. Me permito estas retóricas amorosas porque no tengo interlocutor, son fórmulas que no me comprometen, pura coquetería. Miro alrededor. Es lunes y me sigues gustando y me pregunto por qué insisto. Creo que entro en calor cuando me doy a esta cháchara vana, eso ha de ser. En el fondo estoy vencido, me siento acabado. Acabado pero por terminar, ojo, muy a medias, lo cual implica seguir viviendo, hacer alguna cosa, que me gustes. Todavía no he tenido tiempo de nada.

Mis momentos de mayor presencia en el mundo se han dado cuando he creído consumirme. Al término de las cosas he tomado conciencia de ellas como quien se apea de un vehículo y lo mira partir. Cuando me he dado por muerto he conocido una intensidad terrenal semejante a la alegría, momentos de felicidad parecidos a atrapar algo un instante, a la intuición repentina de un lugar espiritual o a recuperar algo que no recordaba haber perdido. Por fin haberle arrancado un pedazo a esta vida. Pura violencia.

Me ha llevado medio siglo asimilar que no hay un lugar de protección en otra persona. Las mujeres que he amado, un par contadas (no dos sino un par), se acercaron siempre tratando de hacerme comprender un amor presunto e incondicional, grave y venido de ninguna parte como un signo seráfico. Esas mujeres en las que me he extraviado, la mitad de ellas se duchaban de noche, desconozco qué puede significar esto. Luego, llegado el momento, me reemplazaron por individuos de paso de los que nunca supe comprender la gracia, claro, aunque en la distancia, concedo, les pude intuir la virtud. Mi actitud a partir de ahí ha sido siempre deplorable: me las prohíbo. Las sepulto en la memoria. El recuerdo de todo un tiempo de confianza embargado por el momento en que todo pasó a precipitarse en fraude. Detesto cualquier opción más civilizada, me siento un tecnócrata de los sentimientos cuando he tratado de contemplarla o he actuado llevado por la conciliación. La mera idea de devaluar el amor en otra cosa me produce repulsión física, como domar un ciervo. Tengo entendido que en la lírica medieval se consideraba la amistad como la forma más elevada del amor, pero yo nunca he sido amigo de mis mujeres, creo que he sido otra cosa. He sido un amante, un enamorado, he podido ser un compañero y a menudo he sido una molestia, pero raramente un amigo. Como sea, puedo vivir sometido a mis rencores, que entiendo como necrosis de la memoria.

La empresa más digna es la conquista de la soledad, de una soledad elocuente y noble, sorda, ¡no os oigo!, en la que pueda brotar esa furia que recuerdo, de la que tengo memoria. La intensidad, la quietud y el contento. La soledad enriquecedora, el lugar donde la escritura ha de inventarme, decirme, donde el estilo es el hombre y su ética es su estética. El estilo es la piel del tambor, la membrana donde la vida y el arte vibran en la misma frecuencia. Pero ¿y si vivir consistiera en ir contra la vida? ¿Ser todo uno hostilidad? ¿Acabar con esto? Será también el estilo lo que nos acabará matando.

Tal vez y sin tal vez sea ya imposible escribir un libro abyecto. Tampoco creo que sea mi voluntad. O sí. ¿Estoy mintiendo? ¿Trato de mostrarme moderado? Ni siquiera sé qué es un libro abyecto. ¿Hablamos de un libro obsceno, adverso, iluminado, dictado de los dioses? ¿Un libro que liberase a los hombres y que por ello no soportasen leerlo? ¿Un libro abyecto se escribe desde la abyección o desde la generosidad y la grandeza? Ojalá escribir un ultraje, un libro asesino. ¡Ojalá ser capaz de afrontar el coste! Por contra, la mera idea de un libro tal me instala en una emocionante parálisis que supongo será familiar a cualquiera que en algún momento haya especulado con la posibilidad de alcanzar un efecto específico con una obra, no tanto el amparo de unas brasas durmientes como el latigazo revelador del relámpago.

En cualquier caso, deseos al margen (porque mi deseo, en efecto, sería entregar un libro a la hoguera, pernicioso, nada que aliente estas ordenanzas o convenga con este sistema que humilla todo lo bueno que pueda haber en mí), de algo estoy convencido: si quiero escribir, debo pretender que me interesa mi tiempo, mi época, este momento, pero mi primera deferencia con mi tiempo va a ser rehusarlo, el desplante y el maldoror. Esta aversión despótica al mundo, más bien una acritud resentida, responde a un rasgo de carácter del que observo indicios aislados en mi línea de sangre. Declinar el lugar que es el mundo este dado a la moda, a los usos de cada tiempo, a estas costumbres pensadas para la infamia. La moda, ya me dirás. La moda que se define en su condición voluble y pasajera, en no contener verdad alguna. ¿O puede que su frivolidad esté encubriendo alguna esencia, que entre tanto ropaje esté sublimando nuestra desnudez? Al saber todo, dudo de todo, menudo fastidio.

Ha sido un día agradable. Cumplida la tarde hemos subido al cerro y por el camino hemos jugado con las cápsulas de amapola, pequeños sonajeros que he reconocido por un dibujo de Grandville, y he recordado que esas semillas de adormidera, espolvoreadas en el féretro, se usaban antiguamente para disuadir de esta vida a los vampiros, que se veían impelidos a contarlas antes de proceder a visitarnos. En fin, *lifelong memories*, a Grandville lo conocí por Queen.

Nada nos vincula al presente salvo la voluntad erótica. La salud, en cambio, detiene la vida. No la enfermedad sino la salud, fijaos bien en esto que os digo. El horizonte de la buena salud, la preocupación por la salud y el porvenir, detienen la vida. Es así todo el rato.

Tengo la sospecha de que el cine me puede estar abandonando. Cada vez son más escasas las propuestas que distraen mi atención y todavía menos las que acaban por resultarme satisfactorias. No hablemos ya de experiencias plenas o nutrientes, de hitos, posesiones o traumas. Todo eso hace mucho que no ocurre. Acaso algún entusiasmo dirigido, pequeñas conmociones, poco más. ¿Puede ser que el cine se termine? ¿Que las películas se acaben? ¿Que no se pueda sostener la ilusión del cine durante una vida entera?

He visto muchas películas. Más de mil. Más de doscientos millones de películas. Películas que generan emociones y películas que las crean, que las fabrican, que las entregan manufacturadas. Son diferentes, son dos tipos de película. Solo hay dos tipos de película y yo las he visto las dos. Me metí un día en el cine por salir de aquí y llevo desde entonces mirando películas, siempre a oscuras, siempre en silencio, como si yo no estuviera. Y si por algo he preferido siempre ir solo al cine ha sido por sostener esa ilusión de consenso sentimental, por formar parte, sin que nadie me moleste, de ese grupo de extraños que miran el mismo incendio a la espera de que en él se revele el significado profundo de las cosas.

Desde aquel entonces ha sido mucho tiempo viendo películas, tanto como para saber que en una vida no da tiempo a que haga mucho tiempo de nada, porque una vida da para el olvido, pero no para el perdón, por ejemplo. Tiremos por ahí, por la preocupación de que el perdón es de trato muy difícil, y desemboquemos en la certeza de que estos tiempos no tienen perdón, no lo merecen, nos avergonzarán mucho tiempo en el futuro, pero, ah, no va a haber tiempo para eso, yo ya no estaré aquí.

Hace unos años recuerdo haber adquirido un software para la confección de guiones cinematográficos. Estuve unas semanas escribiendo cómodamente en él, entregado a sus saltos de carro, a la comodidad de dar paso y palabra a un personaje a través de un atajo en el teclado. El programa me admiraba en sus predicciones, en su ver venir y en sus respuestas a mi intuición. Me estaba siendo muy grato escribir en él y me dio por trastear más allá de mis necesidades. Le descubrí entonces prestaciones enigmáticas, como la llamada «inclusivity analysis», que resultó ofrecer un cálculo porcentual de las apariciones, dialogadas o no, de cada uno de los personajes del guion que estábamos escribiendo. Los parámetros que proponía considerar eran las características físicas y conductuales de protagonistas y secundarios, en atención a variables tales como el género, la etnia, la orientación sexual o las discapacidades que hubiéramos tenido a bien asignarles. Atender esas «diversidades funcionales», supongo, contemplar siempre un personaje «racializado», un cojo y un insustancial debía servir para equilibrar y orientar el relato hacia un sitio u otro, para llevar la escritura hacia un lugar moral que forzosamente iba a ser siempre el mismo, el de lo estéril, el páramo de la conformidad y la mentira.

Descubrir la existencia de ese «análisis de inclusión» me desanimó un poco y me llevó a seguir escribiendo con cierta inquina en aquel programa, abochornado, tratando de proteger a nuestros personajes del saqueo y de la repulsiva mentalidad publicitaria, de salvaguardar su dignidad y de que no se nos pudiera marchitar ninguna psicología por razón de aquel remilgo. Y por supuesto tratando de no darme nunca a una escritura fingida. Poco después, Netflix interrumpió el proyecto en el que Joan, Nacho, Nahikari y otros amigos trabajábamos tan bien avenidos. Nos lo tumbó, solemos decir, nos lo tiraron por razones que nunca llegué a tener muy claras.

Recuerdo que durante aquellas noches, en que por otras cuestiones yo estaba muy triste pero a la vez muy contento, ese encontrarse tan vivo en la aflicción, en el insondable placer de la tristeza, bebía sake caliente que compraba en una bodega del centro. Es muy fácil tomarle el gusto a la tristeza, a la intensidad de la pena en marcha, del alma penando.

Dormía de día. Me despertaba a media tarde y apenas tenía unas horas para hacer todos los trámites de la jornada antes de que la ciudad volviera a cesar la actividad, así que, atravesando el rumor de recogida, caminaba hasta el carrer de la Cendra (la calle de la ceniza) y compraba una única botella para tener que volver unos días más tarde, porque me gustaba hacer el recorrido hasta allí, llegar poco antes de que bajasen persiana, señalar aquel estante de arriba y regresar despacio a casa, invirtiendo en el recorrido de vuelta mucho más tiempo del necesario, caminando con la botella del cuello como un cisne, el cisne como un interrogante, la botella sin sed, yo entendiendo el mundo como un terraplén, la realidad como añadidura, no quiero encontrarme a nadie, y por la noche en mi pequeño despacho sorber el sake tibio de una tacita de café esmaltada en azul que parecía el recipiente más adecuado tanto para el licor como para mi ánimo. Y con los labios mojados muy tiernamente escribía o trataba de escribir las cuatro partes de la noche, hasta justo antes del alba, con la que coqueteaba un poco pero acababa excusándome, aunque contra el alba poco se puede hacer, qué vas a hacer, amanecía y me resultaba espantoso no solo aquel amanecer, sino el amanecer todos los días, así que escribía solo hasta entonces y nunca de más, lo justo, disponía situaciones y ponía diálogos en boca de otros, todo tecleado en el programa aquel de entorno verde ignominioso, y garabateaba cuadernos con decisiones que a veces me aplaudía, siempre papeles por todas partes, y me servía más sake y subía a pulso los pies a la silla y me daba unos aplausitos nerviosos de alegría por el brote de una idea, o porque le entendía el alma y el corazón a una escena. Estas pequeñas satisfacciones técnicas se aparecían con cierta frecuencia, placeres de la confección, antes de retirarme y dar lugar al sol de cada día.

Tenía algo muy en cuenta, escribiendo aquellos guiones, para no confundirme con esto que hago ahora, escribiendo aquí. Sabía que la cabra tira al monte, y para no darme mucha rienda me repetía una y otra vez algo que hace años le había leído a Paul Schrader y que siempre me fue útil: que escribir guiones no es escribir, que la escritura de guiones no pertenece a la tradición literaria sino a la tradición oral.

Tiempo antes, mi viejo amigo Kano, dibujante de tebeos empleado por la industria estadounidense, me había descubierto la existencia de un nuevo eufemismo para la censura en el panorama de su profesión: el «lector de sensibilidad». Una figura que sería, o es, puede que exista (ponerlos en duda me hace desaparecerlos un poco), alguien ocupado en señalar ya no lo que estaría bien o mal publicar, sino lo que está bien o mal escribir. Esto es, dado que la escritura se entiende como la tarea humana más próxima a la razón, o al menos la que más nos aleja de nuestra condición animal, lo que está mal pensar.

Así, y vestido de asesor documentalista, el «lector de sensibilidad» (cómplice burgués a quien pienso mantener esposado en esas comillas hasta tener constancia de su extinción) se dedicaría a señalar aquellos aspectos que el autor no estaría autorizado a abordar según parámetros de una moral única y teratológica conformada, supuestamente, por un sinfín de aspiraciones, complejos, traumas e idiocias individuales, ya sea por estar usurpando voces, por fantasear situaciones inadecuadas o, quién sabe, por encarnar y dar aliento a personajes de vida y conducta poco recomendable.

Si el censor clásico operaba para una supuesta protección de la sociedad frente a las fantasmagorías estrafalarias o apasionadas del artista, este nuevo magistrado estaría protegiendo al artista de su propio pensamiento y de la indignación y la ira que en libertad podría provocar en la sociedad en caso de dar mal representada una minoría, por ejemplo, pero lo que sobre todo estaría haciendo sería sugerirle al autor el camino hacia la aceptación del público (en realidad su indiferencia) por la vía de la mediocridad.

La mitad de los libros que he leído varias veces, de los tebeos que atesoro y de las películas que aprecio no pasarían ese corte. Su descaro y su insolencia, de hecho, me dan ahora la medida de la alegría con que contábamos antes de que aparecieran en escena estos comerciantes con una maniobra tan burda como perversa, un argumento insultante que pretende estar atajando la suplantación de las múltiples individualidades, de la condición y de la circunstancia particular de cada uno, coerciendo la pluralidad, instrumentalizando al débil como ha hecho siempre el burgués y frustrando las disidencias con un propósito obvio y siniestro: ampliar clientela, a ser posible hasta hacerse con toda, estandarizando el gusto hasta un punto de no retorno.

El perdón, en fin, es olvido. El olvido es el núcleo del perdón. Escribo esto abrigando la esperanza de que nadie esté entendiendo de qué hablo, que para entonces hayamos sepultado esta época gobernada por farsantes que se someten a los deseos de cretinos, de falsa conciliación, grosería numérica y reducción matemática. Las cifras y los números.

La cuestión, como le detallo a Alcolea, es que cada vez que intuyo en mí el deseo de ver cine tengo que pararlo, templarlo y mandar en él. Lo oriento con la mirada y lo voy alimentando con suma delicadeza, temeroso de que me embargue algo mejor que hacer, casi siempre actividades livianas, ojear un tebeo viejo, dar un paseo con un amigo, escuchar música, recoger el abrigo de la tintorería, cualquier pretexto. Todo resulta entonces más apetecible que sentarse a ver una película.

El cine debería desembarazarse de la losa del lenguaje, decidir ser mudo de una vez, tomarse en serio a sí mismo, porque todo el dolor infligido es tolerable menos el de las palabras. ¿De qué va tu libro? Me lo ha preguntado ya dos veces.

Alcolea, por el amor de Dios. ¿Para esto hemos venido? ¿Cómo que de qué va mi libro? De la luz eléctrica, por ejemplo, yo qué sé, cómo iba a saberlo. Será un libro que trate de lo que trate el libro. Y un libro, espero, también instrumento, utensilio. Un libro herramienta, martillo, guitarra y cortafríos. Un objeto adecuado para explorar pero explorar qué, por el amor de Dios. Creo que puedo escribir de cualquier cosa, del sexo de los ángeles, todo será inútil.

Cuando digo luz eléctrica no me refiero a la luz que es materia y fundamento de la pintura, hablo de la luz eléctrica que es bandeja de plata del ilusionismo, el alma de la fantasmagoría, esa luz. El ilusionismo da a ver, imposta, simula e inventa, pero también omite, custodia y guarda para mostrar, está loco. De eso hablo, de que si nos entregamos a la ilusión del engaño es porque sabemos de buena tinta que es la única manera de revertir las cosas, de encender la verdad, las múltiples verdades hay quien dice, Alcolea, como si hubiera muchas, pero verdad solo hay una y está del lado de la muerte, es un follón, no sé qué decirte. Mi solo pensamiento no me ha bastado nunca. ¿Yo de qué me sirvo? Hasta hoy he necesitado del cine, de los libros, de fruta fresca y de adversativas una detrás de otra para paliar este desierto íntimo. Cualquier exuberancia que me permita una aproximación literaria, proyectar en ella toda esta miseria. Y ahora, en este valle no sé si crónico donde impera la falta de entusiasmo vuelvo a la garantía de obras que conozco y que considero inescrutables, que tal vez puedan ofrecerme nuevas noticias. Vuelvo a lo mismo.

¿Mi libro? Mi libro irá de amor. Por ejemplo. Como las películas. Hay películas de amor y películas sobre el amor. Estoy tratando de escribir un libro de amor formado de siete partes de júbilo y tres de tormento, de eso va a ir, qué te parece. En el amor padecemos y perjudicamos, es un juego de turnos. Un mecanismo oscilante donde el damnificado es también verdugo. Que de qué va a ir mi libro, dice, ¡pero qué cosas tienes!, le apostrofo. ¡Te apostrofo, Alcolea! ¿De verdad te he traído a este pasaje, a la mismísima página 148, para hacerte decir esto? ¿Te hago hablar y me pones en evidencia? Si ni siquiera eres personaje, Alcolea, no eres más que una figura. ¿Qué es esto, una novela? Pues de todo, Alcolea, de qué va a ir, ¡si es un libro tendrá que ir de todo!

Leer a Laure me recuerda la pureza de Azucena, que una vez permitió que un vecino la viera follar. Dos veces, para ser precisos, ambas con la misma persona, que una vez no lo sabía y a la siguiente ya fue avisada. Lo propició ella a fin propio, contumaz en su desvergüenza. Su habitación era exterior y cogió por costumbre dejar el balcón abierto. Enfrente vivía un tío y para él estuvo meses durmiendo desnuda, fingiéndose distraída y así acomodando al mirón, desavisado y dichoso, entiendo. Hasta que se lo dijo. Le lanzó una nota arrugada envuelta en papel de aluminio. Ella a él. Que sabía que la espiaba. Él respondió con una petición: que por favor se tocara. Lo pidió así, entre la educación y la súplica, pese a lo cual ella accedió. Con la condición, eso sí, de que después diera alguna prueba de que le había gustado, y bajo amenaza de que, si no la obtenía, cerraría las contraventanas para siempre. «Coloqué una silla delante del balcón y le monté un espectáculo», con esas palabras me lo relató Azu. «Me puse una falda y unas bragas bonitas y lo hice todo sentada».

Esta pícola viñeta erótica me es suficiente para echarla en falta una noche como la de hoy en que me estoy dando a la necesidad del canon, a ese contener a todas las mujeres en una sola mujer, en un solo tipo de mujer que comprenda las necesidades cambiantes y aproximadas de este infeliz que somos, porque somos todos el mismo infeliz y todos pretendemos, en ese reduccionismo, paliar esta angustia de hombre, porque una cosa que hace presa en el hombre es la sospecha de que cada mujer, en los términos en que haya establecido con ella un compromiso, le estaría escatimando otras mujeres, el acceso a otras mujeres, a todas, en realidad, porque hay un tipo de hombre, el rijoso, un zascandil, que advierte todas y cada una de las presencias femeninas a su alrededor, la población completa, un sinvivir que promueve el antagonismo en casa y un extraño rencor parental.

Azucena, tan parecida a la joven Stefania Sandrelli, se fantaseaba invulnerable, y en verdad sabía no solo encajar los golpes sino muy bien a quién dárselos, quién los merecía de verdad. Me es difícil pensarla incurriendo en conductas ventajistas, y cuando yo alguna vez me descubrí disparando a dar, frustrado y tratando de quebrantar su confianza, de minar su seguridad para hacerme yo con más terreno de juego, resultó inútil. Aunque contemplaba y ponderaba toda apreciación sobre su persona, ninguna lograba resquebrajar su identidad.

Al vecino lo figuro escondido detrás de un periódico, amparado en el tropo ese de un periódico abierto al que se le han practicado sendos agujeros para usarlo de máscara, atrincherado en la actualidad, en las novedades cotidianas. Leer un periódico es el contrario exacto de llevar un diario. De escribirlo, o sea, porque el diarismo es una forma de oración, un rezo. La prueba de satisfacción le llegó a Azu en una bola de papel arrugado. Curiosamente, recibirla hizo que se sintiera primero eufórica y luego culpable, lo que no impidió que se masturbase pensando en ello varias veces. Un día se lo cruzó en la calle y, lejos de verse recorrida por ráfagas de lascivia, como correspondería a este tipo de literatura, se cambió de acera, tan marrana y tan prudente detrás de sus gafas.

Hay cosas que he hecho tantas veces que han perdido significado. Explicarle a una mujer quién soy, qué me gusta, por qué he venido. En las masturbaciones de Azucena se daba un movimiento mecánico muy sabido que era recogerse con dos dedos el flujo abundoso de la entrada de la vagina y subirlo al clítoris, donde lo extendía sin aflojar maniobra con su afán usual, como una melodía pronunciada por primera vez. Azucena de su deseo hacía un voto. Según sus propias palabras, podía llegar a sublimar en un celibato voluntario y sostenido lo guarra que se llegaba a sentir en ocasiones. Conservo un vídeo que grabé sin su conocimiento en el que se la ve caminando descalza de vuelta a casa. En otro, este consentido, mea en un recodo de la carretera, acuclillada junto a la colosal estructura de hormigón de una presa pirenaica.

A la vuelta detuviste el coche junto al barranco y estuvimos mirando a la nada. El valle, las vacas, el sonido del viento acorralando la escena. Un frío impropio de esas fechas hacía inevitable pensar en el caminante de Friedrich sobre el mar de niebla, pero nosotros, una vez más, teníamos vino. Bebimos vino en un vaso de cristal que habíamos sisado del último parador de Francia con el fin de acaso beber vino civilizadamente en cualquier momento del viaje, si bien no teníamos la seguridad de encontrarle el momento porque ambos sabíamos que el viaje de vuelta se hace siempre más corto que el viaje de ida.

En el árbol genealógico de Azucena tuvo que haber un incendio, solo así me explico aquella mirada aviesa suya, sulfuro y fulgor de estas páginas, tan generosa en el sexo. En más de un momento quise extinguirme ahí. Quise perderme en la comunidad que formamos, en la disolución que fuimos entonces. «Me dejaría destruir», respondió cuando le dije que podría matarla.

Azucena. Escribo su nombre y lo meto bajo la almohada. Vente a mis sueños, Azu. Tráete movidas. Déjame verte y mirarte esos ojos tuyos que tenías de asesina y de verdad.

HAY UNA ESCENA que me gusta mucho de las películas y es aquella en que un granuja se cuela en los camerinos de un teatro mientras la función se está representando y procede a registrar una chaqueta que cuelga en un perchero. Mirando a izquierda y derecha, como si buscase las afueras de la película, revuelve en la indumentaria de civil de un actor que en ese momento está siendo otro en escena y que ha dejado allí, en las bambalinas, su identidad desamparada, la ropa en la orilla, para que le roben la cartera porque él durante un tiempo no existe, está disculpado, vestido de época, es tonto perdido.

Mi desinterés por el cine podría deberse a una inmunidad de madurez frente a las historias, algo que tiene que ver con el tiempo por delante y con la circunstancia por detrás. Reconozco en mí algo irresoluble, una faceta moral que funciona como un espejo, que no asimila las imágenes que la merodean y que es proteica y voluble. Sé de algo en mí inconsolable, una cualidad que nunca podré resolver y que por otra parte atesoro porque mantiene vivo mi asombro y una serie innumerable de preguntas.

La clave, creo que yo, está en la curva. En saber tomar la curva eludiendo la afrenta del tiempo. La juventud, para empezar, porque se empieza por ser joven, implica, primero, una fatuidad. Un descaro que en el mejor de los casos pasará por frescura y atropello de recién llegado, pero que enseguida incorporará el propósito de enmienda, un convencimiento de estar arreglando el mundo en la pisada y el gesto. En la propia desaprobación del mundo, que en la adolescencia hemos certificado ridículo y vil, el joven está reparando el mundo, que como joven ha de considerar inadmisible. Arrastrando los pies, con sus andares despectivos, el joven que no encuentra acomodo ni avenencia cree estar haciéndole recortes al mundo, atemperándolo a su necesidad de justicia y adecentándolo de vicios y codicias, amputándole miserias y rigores de otros tiempos. Pero con el paso del suyo, de su tiempo corriente, ese mismo joven se irá apercibiendo de que entre el mundo y él no se da una correspondencia, que no existe un acuerdo de situación ni sentido, y que la cofradía que era la juventud no era tal. Su generación se irá rezagando. El paisaje irá dando a ver un cambio de rasante y en lontananza se dibujará la curva, y allí se perderá el joven sano que en su idealismo elegía aceptar la convivencia resignada con el crimen antes que la existencia abominable de la policía.

La impotencia se nos echará encima en la confirmación de que el mundo, pese a nuestras intervenciones, no cambia, no piensa hacerlo, lo que llevará a algunos de nosotros a la rendición, a cambiar ellos, a dejar al mundo por imposible y amoldarse a sus lógicas de consumo, un error.

La idea de cambiar el mundo contiene en sí una trampa inmovilizadora: si el mundo cambia, si logramos cambiarlo, ¿qué enfrentaremos? Es deseable, por tanto, que el mundo no cambie para poder seguir siendo contra él, para mantenernos en la revuelta íntima y en su perseverancia, que es la única manera de que el mundo aprenda. Empecinarse en el no, negar todo, oponerse. No se puede ser libre sin estar razonablemente ofendido. Es imprescindible cierta desilusión para mantener esto a flote.

A UNA TÍA DE MI MADRE la quitó Dios de un manotazo y la dejó con la palabra en la boca. Fue estando al teléfono que un rayo alcanzó un poste del tendido, y la ira celeste, cableada, tomó tierra en su cabeza. Le frio el cerebro. No sabemos lo que pudo escuchar en aquel instante, si pudo ver venir la luz antes del trueno o si se llevó a la tumba alumbrado algún secreto. Nadie puede saberlo, pero en las sobremesas familiares se conoce que esa noche la tía Felisa habría llamado a información para interesarse por la evolución de aquella temible tormenta eléctrica.

En los periódicos te suele poner lo que va a pasar y después lo que ya ha pasado. Lo segundo son los sucedidos y lo primero suele ser la espera, la especulación, el anhelo de nuevos acontecimientos de presumible interés común que nos evitarán la ocasión, el imprevisto individual y todo trato con el fantasma intangible de la libertad. Lo que llamamos actualidad es la esfinge que protege a la manada, el aglutinante que le otorga a la jornada una temática, una cosmética y sobre todo una recurrencia. A seguir la actualidad lo llaman estar al día, que es como ir buscando la sombra para no tener que estar al quite, porque seguir la actualidad implica ir detrás de ella y por lo tanto no enfrentarla, es una manera de estar en todo para así ausentarse de lo demás, de uno mismo, de la imaginación y al fin y al cabo de lo que está pasando, que es algo que no vamos a poder saber hasta pasado mucho tiempo.

La actualidad nos trae la noticia del mismo modo que en algunos hoteles un poco amanerados te dejan sobre la almohada una pequeñez, un dulce diplomático que debería recordarnos que tal vez alguien nos pueda estar haciendo la cama, y que toda diplomacia no es más que una perversión redicha de la mentira. Porque la noticia del día va a ser siempre de ayer o como mucho de última hora, ilusoria como la de mañana y en realidad solo capaz de su categoría natural en las catástrofes. El aliciente es que viene por estrenar, novísima todos los días para que en esa cualidad depositemos cada mañana nuestra ilusión burguesa, nos sintamos obsequiados y perseveremos en el compromiso de servidumbre.

La refutación del miedo es acercarse, y hay un momento en que al adolescente, que vive en el miedo de serlo para siempre, le entran las prisas y se hace con el periódico del padre para localizarle la importancia, el secreto. Durante un par de semanas lo lee todos los días de cabo a rabo, hasta la última coma, con una curiosidad inicial que, con suerte, si todavía no está podrido de codicia, de aburrimiento o de cretinismo, lo llevará a decidir que todo aquello no tiene ni pies ni cabeza, nada que ver con él ni con nadie, y que es nocivo hasta el malestar. Pero ese rito de paso también se cobra muchas víctimas para las que no habrá vuelta atrás y en el futuro conoceremos personas supergustadoras de información e incluso adultos que, instalados en la caverna, leerán varios periódicos de sesgos opuestos (o sea, de los que no pueden ser el uno sin el otro) para así en la tensión dar con el fiel de la balanza, confiados al silogismo de que verdad solo hay una pero para destilarla se necesita al menos un par. Al fondo, detrás de esos apóstoles de la información, se intenta hacer oír un oponente de pega que los increpa señalando todos los males en una cumbre de conspiradores, de pronto un patriarcado al trote o según sople el viento la estela tóxica de un avión. Estos son los últimos damnificados de la exposición a la actualidad, cerebros destruidos. Hay también quien llama a la información ciencia y a las personas recursos humanos. Estamos todos muy perjudicados.

Zona franca ya no queda y es difícil permanecer a resguardo de esos nombres propios y extraños que insisten en metérsenos en casa y hacérsenos familiares, omitir debates políticos, comparecencias e hipótesis que pretender darnos motivos para la expresión escatimándonos la dignidad.

El primer paso es la abstención, no hacer parada en bares con televisor y mucho menos en uno con wifi, acelerar el paso junto a los quioscos, que eran una cosa que había, y en el momento en que el alguacil desenrolla el bando para darnos una explicación que nos debe, en cuanto ese hijo de puta expande su *timeline*, poner voces divertidas para modificar los niveles de realidad, para devolverle a esta el sentido.

Entre pensar y cavilar el mundo hay una distancia y por lo general una problemática, son cosas distintas. No siempre es fácil vivir en modo avión, me digo arrellanado en esta Eames Lounge Chair donde mis preocupaciones son más. Como sea, las primeras arrugas que se fijan en el rostro son las de la sonrisa y a partir de ahí todo empieza a tener menos gracia, pero esto es lo que hay, aquí es donde estamos y existe un inconveniente que a los hombres nos impide viajar en el tiempo: la hora que es.

Yo ahora empiezo a verme escribir y por tanto debo ir terminando. Antes me froto el codo en la palma de la mano y si ladeo la cabeza cae un último pensamiento débil: que seguir la actualidad es comparecer todos los días ante la derrota. Puro vicio. Ese debería ser el titular.

SEGUIR CON VIDA, ¿QUÉ IDEA ES ESA? Me he vestido en consonancia conmigo mismo para respetar la continuidad de este libro, aunque me está costando cada día más no ser llevado por las sacudidas de la indolencia. Tal y como se está viendo, no tengo claro de qué me interesa hablar aquí, ni está muy claro tampoco que me interese hablar de algo. Es más, ni siquiera tengo la seguridad de ser la persona indicada para escribir estas páginas mitad paisaje, mitad síntoma, ¡escribidlo vosotros! Este libro que trato de acuñar en algún lugar entre el impresionismo y la observación y que ha de ser demasiado bueno como para que lo haya escrito yo, eso espero. Pero escribo. Pongo en ello el alma y el corazón, trato de adecentar estas páginas, este libro coqueto y corto de miras que voy a titular «Mona y los telépatas», que me sospecha, que sospecha de mí (pondré un narciso en portada), aunque tal vez esto ni es mi libro ni es el libro de nadie.

Los toreros llaman cornadas de espejo a aquellas en que el asta del toro les marca la cara. Aquellas que les atraviesan la quijada, enuclean un ojo o les rompen la mejilla. Se dicen de espejo porque comparecen cada mañana al atenderse, al comprobarse uno la noche en el rostro mientras abre el grifo para que el agua corra en una nueva aceptación de la vida. Ahí están actuales y todavía. Descomponiendo el gesto, chiflando el semblante y minando el valor en cada inauguración de la realidad. El cuerno en la boca, impávido el párpado. Memoria del dolor, pero sobre todo del miedo, un día más.

En el manar de la existencia, con el paso del tiempo, se acaba por aprender lo que ya se sabía. El día en que te coge un toro es otro día que naces. Y si te ha cogido un toro vas a llevar siempre un toro dentro.

Yo, como un don Tancredo, escribo. Estos apuntes que dejo aquí un poco desprovistos, sin la carcasa, exentos de la emoción que sería el novelizarlos para que me leyeran tres más, me colocan en el temor de estar practicando una escritura gramatical, sin fibra. En la inquietud de tal vez estar hablando solo en lugar de escucharla (a la escritura hay que escucharla), desoyendo todas esas posibilidades ocultas con las que cuenta el lenguaje para revelar no verdades, pero sí secretos.

Escribo primero estas líneas nítidas, de inspección, por aligerar este peso que soy o que conllevo. Y escribo también lo siguiente: una escritura que no me arrastre, que no me devuelva violado y herido al mundo, una escritura que no logre eso, digo, no me va a servir de nada. Eso escribo. Me lo recuerdo.

No guardo memoria precisa de ninguno de los momentos en que he estado escribiendo, en que he escrito o he dejado de escribir. Sí tengo recuerdos, sin embargo, tanto de lugar como de ánimo y de tiempo, relacionados con lecturas concretas, con libros que resultaron bálsamo o me alumbraron el camino años atrás. De escribir no tengo recuerdo.

Donde se hace pie no es posible nadar. Está extendida la ocurrencia de que se debe escribir de lo que se conoce, cuando lo que hace estimulante y valiosa la escritura es escribir de lo que se ignora. Para explorar cualquier materia que desconoces lo mejor es sentarte a escribir de ella, llevártela al pensamiento y escucharle la lógica, a ver qué dice. Escribir lo que se piensa es una vergüenza porque uno ya lo sabe. De ahí el rubor, esa es la mecánica del sonrojo, el ponernos en evidencia. ¿En qué estaríamos pensando cuando nos sentamos a escribir? Es faltarse al respeto escribir lo que ya se conoce y es por eso que me permito anotar que cuando más se escribe es cuando no se está escribiendo, cuando se sufre o se espera o se enhebran unas cuentas o se friegan los cuatro platos de anoche, por ejemplo, lo que hace recomendable que en casa del aspirante no entre nunca un lavavajillas o según que otro electrodoméstico. Escribir es todo lo demás, todo lo que no es escribir. En eso consiste en gran parte la escritura.

Seguramente tenga esto dicho más atrás, porque en el fondo escribo siempre lo mismo, lo poco que sé, pero es que es una idea que no me abandona. Ninguna idea me abandona, de ellas somos cautivos. Escribir de lo que se sabe es redactar, dar crónica, tal vez hacer periodismo, algo distinto a escribir. Es por eso que se publican más libros de los que se escriben, libros que recogen hechos, hipótesis, lugares, historias y decisiones. Pero escribir, aquí y ahora, es otro negociado, escribir es caligrafiar lo que se ignora. Dar palabras que no están en nuestro lugar de origen, que no conocemos pero que ahora emergen así de pronto en nosotros, se manifiestan, nos las oímos decir y en este preciso instante traen consigo un significado, un sentido nuevo, una conducta a implementar o un crimen por cometer. ¿Qué hacemos? Esto mismo. ¿Qué estamos haciendo? Esto otro. La escritura es el hombre. El hombre es la escritura. Y tal y cual.

Escribo esto aquí y puede que alguien decida leerlo, pero en principio no me debo a nadie, no puedo premeditar nada. Escribir es entregar la propia psique a cambio… ¿A cambio de qué? A menudo estoy harto y a continuación se me pasa, incluso por eso doy gracias.

Una vez más los recuerdos me abruman. Tantos años aquí, leyendo en ese sillón, escribiendo a estos mandos, sentado en este despacho que me da ver el salón en cuatro elementos: un tabique de libros, una planta colgante —que apenas vivió cuatro días pero que muerta todavía luce— y algunos cuadros, entre ellos el cartel de *La invasión de los zombis atómicos*, mucho mejor que la película que anuncia, y el hermoso acrílico que me obsequió Juanito Mediavilla hace más de veinte años, en el que se aprecian, en perspectiva delirante, varias azoteas de esta misma ciudad de ahora, pero entonces. En una de ellas se encuentra Makoki, encabronado. Aunque no hacía falta el personaje, supongo que Mediavilla lo pintó ahí porque su presencia le ayudaba a vender estas piezas con más prontitud. A mí me la regaló, ya lo he dicho, en su desbarajuste social, y no tenía por qué —no sé por qué lo hizo—, el primer día que nos conocimos, yendo yo a su casa para entrevistarlo. Ahora está enmarcada y no puedo comprobarlo, pero creo recordar que el dorso de la pintura era un calendario de La Caixa, un póster conmemorativo, algo así, papeles del enemigo.

La rémora de la memoria. Yo escribiendo aquí como tantas veces, tanto tiempo deambulando la casa en noches eternas, muy cortas, lejos de nadie, pasando frío y pasando calor, nunca del todo a gusto ni conmigo ni sin mí. Si pudiera me iría de este libro. Pero ¿a dónde, criatura? Ay, se me encoge el corazón.

En el subsuelo viven las fieras, que ahora dormitan. Cada mañana, en cuanto despierto, cierro los ojos para pensarlas. Es una contrariedad que hago para perpetuar su presencia en mi ánimo. Ahora dormitan mientras yo las pienso aquí detrás de los párpados. Funciona así.

El edificio en que vivo estos días se eleva sobre unas galerías comerciales medio abandonadas, un corredor de tres giros y techo bajo que hoy solo aloja un par de comercios dedicados a la compraventa de discos de vinilo, un local de arreglos y una austera inmobiliaria que quizás a la escritura de estas líneas ya ha salido huyendo de su propia infamia.

A menudo, dándome a un desvío ocioso, yendo o viniendo atravieso el pasaje por empaparme de su atmósfera lívida, de su baldío y de su luz fría de matanza. En su día, cien años atrás, estos corredores acogieron apareadas las jaulas de los leones y tigres del Teatro Circo Olympia, un enorme edificio *noucentista* que se erigía sobre esta parcela. En el programa inaugural del jueves 4 de diciembre de 1924 se anunciaban, entre otras atracciones, una notabilísima compañía acrobática, los elefantes musicales, doce caballos en libertad (de acuerdo, no sé yo), los payasos Antonet y Beby, la cubeta de la muerte y las cinco maravillosas focas del capitán Frohm. Toda esa fantasía ocurría a mis pies y nutría de extravagancias una ciudad desconsolada como es esta.

Cuando se vive así de esta manera, entregado a cierta soledad, los fantasmas son un bien necesario. No sé si es aconsejable, pero la tendencia es rodearse de ellos y encomendarles tus pensamientos recurrentes. Los fantasmas son porteadores. De vez en cuando, en minúscula ofrenda sacrificial, empujas a uno al precipicio y sigues haciendo marcha como si no hubiera ocurrido nada, porque sabes que a su debido tiempo, más pronto que tarde, será reemplazado por otra figuración tuya perseverante.

Leí una vez que en el fondo de los ojos de los felinos hay células y proteínas reflectantes que les permiten ver en la oscuridad. Fijé esa información peregrina porque el mismo día, en extraño isomorfismo, se vio reforzada cuando en un programa de cocina escuché decir que el humor vítreo de los ojos del rape común se había usado siempre, toda la vida de Dios, para ligar salsas.

Ahora los animales dormitan y los someto a mi pensamiento. Son las fieras que me rugen dentro, criaturas de trato difícil. Esas galerías sin sol funcionan en mi imaginario doméstico como un cerebro inanimado del que extraigo el recuerdo del peligro, que me sitúa y me orienta. Aprendo. Lo que te enseña el peligro en su vecindad con la muerte es que debes tomar partido, serme útil, recrearte, darme besos. Pero, mierda, ya pierdo el pedal. No está siendo fácil escribir aquí.

Debemos de andar por la mitad del libro, el setenta por ciento de los lectores ya me habrán abandonado. Pues bueno. Pues muy bien. Pues más anchos. Sé que cualquier libro valioso pasará a ser residuo en el mismo instante en que alguien lo lea, pero decidme una cosa: ¿me estáis escuchando con luz artificial? Si es así no tenéis derecho a quejaros, no podéis verlo todo. ¿Lo estáis viendo todo? Por el amor inhóspito de Dios, ¡me estáis sacando de quicio!

Este libro, ya se ha dicho, va de lo que va este libro, de sí mismo en estas páginas tan suyas y tan propias, y no va a ir a más ni va a ir a misa ni va a moverse de aquí. La única incumbencia de este libro es su propia escritura. Lo cual quiere decir que este libro es la fantasía de un libro. Este maldito libro murmurador que me apremia y que se me amotina y del que yo no soy más que el clavo del abanico.

Un libro así termina cuando no se puede más, cuando está uno a punto de romper en mil pedazos todo lo que ha escrito y saltar por la ventana vencido por su lucha interna, pero antes de arrojar toda esta papilla al fuego la entrego a estampa y digo que es un libro, ruego que se le pongan unas tapas de libro, a ver qué papel le deciden en provincias, qué caldo y qué vestiduras le ponen a este moribundo sin anecdotario que les abandono en la puerta a la mano de Dios.

En el despacho apaisado de Tudelilla, arriba en la casa barata de ventanas verdes, alguien ha implantado un testigo en la pared, un fisurómetro que ausculta una penalidad íntima del edificio, de su asentamiento. Un punto de sutura en una grieta de arriba abajo que es como una filigrana fluvial y que hace de la editorial, de su sede, cartografía, algo parecido a un mapa.

Requiere tiempo, un libro. Tiempo para entenderle el itinerario, para saber cuál será su forma, la forma del libro, qué libro será, cómo será y qué va a contarnos, qué tipo de dispositivo está siendo. Esto es otra cosa, aquí el tiempo está dentro del libro, el libro transcurre en sí mismo, se autoabastece y se revela en sí, está por determinar, tenéis que hacerme caso. Esto un libro rigurosamente sometido a sí mismo, culpable de ser él y condenado a ser solo este libro, a la propia cuestión de estar siendo no otra cosa que él mismo, una novela fragmentaria que se deja impregnar de sociología, de miedo, de filosofías, del individuo primordial, este libro endemoniado.

Necesito clemencia, os lo imploro, suplico vuestro perdón por este libro que espero y deseo siempre inacabado, sobresaltado y todo él añicos, soberano en el capricho, un hermoso libro, *si us plau*, del que excluyo los hechos significativos que nos darían un libro, los desoigo para elucidar en las elipsis qué demonios está siendo todo esto, qué pasa aquí, por favor, qué cojones os pasa, interrogar el hecho, la propia escritura como acto, cuestionarla cuando se efectúa en las páginas mismas de esta antinovela, o novela de placer, llamémoslo así, a este libro anegado de autoconciencia cuya escritura se está haciendo dolorosa para mí y para todo mi entorno.

Por ahora seguimos aquí, en estas páginas extrañadas que me están impidiendo las siguientes, y las preguntas que me van entregando son las que suponíamos: ¿Cómo se establece la verdad? ¿Cómo puede aislarse una verdad inmanente? ¿Hasta qué punto es ingenua semejante empresa? ¿Cuál es el secreto enterrado en estas líneas? ¿Por qué seguir cavando? ¿No estaremos trabajando en una tumba? Este papel en el que escribo es un espejo, no es otra cosa, escribir. Pero sacadme de este infierno de la digresión, por favor os lo pido, ¡mequetrefes!

Lo que tenía en la cabeza, o en algún momento he pretendido decir, es que cualquiera que se ausculte en soledad va a descubrirse como ser moral. Luego cada cual hará lo que pueda con ese conocimiento, pero en esencia así ocurre tarde o temprano. El aislamiento promueve la introspección y, en su deriva, una serie de neurosis y psicopatías particulares. También, por tanto, la forja de una moral, pero siempre una moral fallida, no hay otra.

En estos últimos años turbulentos se ha visto a todas esas personas que nadie sabía tan frágiles devoradas por la ansiedad, abrumadas por el descubrimiento imprevisto de sí mismas, de su inoperancia y su desmaterialización en un mundo que de repente se propone sin contacto.

Tendrá o no que ver, pero llevo tres o cuatro días intratable. Se me pasa por la cabeza escribir una novela, reformular esto, ponerme a la fontanería y dar el artefacto, la materialidad y los escenarios, encarnar todas estas ideas en un héroe, un personaje y su puta madre, urdir una novela sencilla y de cierto resplandor, con su catarsis y sus ardides. Pero se me cae la cara al suelo de vergüenza en cuanto me permito la ocurrencia. Justo anoche, antes de dormir, leía a Limónov citando a Tolstói en el libro que me ha enviado este: «Avergüenza escribir acerca de todos esos hombres y mujeres que nunca existieron».

Necesito este libertinaje. Entregar algo informe y asilvestrado, que no pueda darse en cautividad, un libro que me venza. Mi compromiso es solo con el lenguaje y mi tema una banalidad voluntaria. Aquí están, es probable, todos mis estados de ánimo, porque escribir esto así es la manera que tengo de expresarme. No de escribir o de comunicarme sino de ser, y lo demás ya se irá viendo. Algunas veces creo estar prolongando en la escritura la dicha del sexo, que me sirvo de la misma energía o al menos que trato de aturdirme en este oficio de la misma manera que me entrego al engaño erótico, a su naturaleza imperiosa de apremio biológico, de conocimiento del otro, mera necesidad pero sobre todo lugar franco, libre en parte de nosotros, de esto que hemos terminado siendo el resto del tiempo. Sospecho, además, que no se trata del placer. La finalidad del placer es el placer, y como tal prefiero demorarlo, no me urge, elijo el deseo, me acuno en sus propiedades perennes, porque el deseo se reemprende en su propia satisfacción, y en esa idea sueño con ser un vampiro, con perder la vida pero perderla para siempre, de manera indefinida. Para siempre jamás, ojo, ¡qué hallazgo el de quien casó esos dos términos! Pero también para eso se nos hace tarde, porque lo que ahora seas lo vas a ser siempre. Cuando mudas en vampiro te quedas así, como estás, esto eres. Carnaza para la melancolía.

Borges decía que aceptaría la inmortalidad a condición de olvidar su vida actual, un matiz que cuaja la vida eterna en el propio supuesto, en la frase misma, supongo que el tío era un poeta. Yo también he pensado siempre que convertirse en vampiro viene a ser perder la memoria. Pero ¿qué concepto es ese? Se puede perder todo, unas llaves, la vida o la dignidad, pero ¿la memoria? ¿Hacer de la memoria solo un recuerdo? A lo largo de mi vida he encontrado algunas llaves, no tantas como he buscado. Tienen esa diablura, las llaves, que sin haberlas perdido no las encuentras, te desvían de tu transcurso porque las llaves son un objeto propenso a la desaparición momentánea, contienen en su ingeniería esa cualidad de trasconejarse porque pertenecen a la semántica de lo fiable, pero también del secreto, el tesoro y la posibilidad. No en vano se fraguan entre la moneda y el cuchillo, su naturaleza manda.

En mis paseos he avistado también muchas llaves abandonadas, utensilios sin finalidad que ya nadie sabe qué cosa dejaron abierta o cerrada. De entre esas, tengo la costumbre de observar aquellas que se han incrustado en el suelo y han pasado a formar parte de la intemperie, afianzadas e inamovibles, sedimento de una idea: que todo aquello que se ha perdido son intuiciones de lo que se ha perdido.

Es conveniente estar preparado, mantenerse en un estado de disponibilidad erótica, que es también el adecuado para la escritura, sabiendo que en cualquier momento podemos pasar al ánimo existencial del no muerto, donde acabaremos siendo técnicamente ancianos pero nos vamos a mantener más o menos jóvenes, más o menos en nuestras trece. Porque la inmortalidad que retrata el vampirismo romántico se cifra en la obstinación, y en esa circunstancia tal vez nos sintamos incendiarios aunque apenas estaremos siendo inflamables, personas con unos prontos muy malos, un rasgo de carácter que tiene que ver con el ansia (en *El ansia* se besaban David Bowie y Catherine Deneuve), el apetito que no se acorta y la enfermedad eterna, que es una cosa parangonable a la tradición, el no morir nunca sino todo lo contrario. La tradición es tiempo detenido, y vivir en vampiro es vivir en un desajuste y una tristeza muy amplia donde la inmortalidad se manifiesta a diario, un día detrás de otro. Para un vampiro no hay futuro, todo es punk, y en esa tesitura se hace difícil satisfacer ideales y deseos. Si no te mueres nunca, esto se convierte en una espera, en una convalecencia. Morir no es interesante, pero hay que hacerlo y lo tienes que hacer tú. Nadie se muere por uno.

Suena un disco de vinilo rojo donde Cliff Martinez plagia, imita o tal vez honra a Krzysztof Komeda. Mona se extiende crema hidratante desde las corvas hasta los talones. Me trae a la cabeza una novia que tuve de piernas mucho más largas. Larguísimas. Solo quiero morir cuanto antes, ser fulminado, si pudiera apagaría el sol.

Mona me pregunta algo pero no quiero responder. No sabe que la miro. Pongo en ella mi mirada, que es una acepción del tacto, y observo sus movimientos en el cristal del tragaluz, que ella insiste en llamar «velux», pero que se llama tragaluz porque es un tragaluz. Me pregunto, también, en qué lugar, en qué momento y de qué manera las cosas se decantan en términos, cuándo es que las palabras y las cosas se asocian y pactan significados, cómo es posible que sepamos nombrar cada delito que cometemos, todas las tesituras, el río que nos lleva, este cuaderno mismo.

Un impulso por la verdad me arrumba cuando escribo. Tal vez lo atiendo para engañarme, porque para permitirme mentiras mayores debo ser preciso y riguroso con la verdad, ceñirme al menos al campo gravitatorio que le intuyo. La verdad debe valer la pena.

Antes, guiado el cuerpo de cada uno por la memoria del cuerpo del otro, hemos hecho el amor. Hemos follado, nunca sé decirlo, suena impostado puesto en palabras, no se deja. El amor. Esto. Aparearse. Tener sexo, dice alguna gente a la que detesto, al menos cuando lo dice.

Nos hemos servido el uno del otro, esa es la verdad, por eso al término me siento abatido y me lamento y gimoteo. Su cuerpo al salir de la ducha es un mandato, me ofende, tal es la pureza de su piel. ¿Quién es esta mujer? ¿Estaría dispuesto a hacer algo significativo por ella? ¿Lo haría ella por mí? ¿Ha habido en mi vida personas irremplazables? La última novia que tuve se llevó buena parte de mí, pero yo de ella no sé qué guardo. Esto es algo bastante común. Aunque conservo pleno recuerdo de sus manos no logro dar con su tacto en la memoria, donde toda ella va quedando reducida a una única generalidad. Tampoco encuentro en mí su olor, lo cual nos devuelve la posibilidad, en caso de un reencuentro casual, de que el olfato operase como nuevo y volviera a prendernos como desconocidos. Pero conozco la situación, sé que nunca ocurrirá así, de aparecérseme la entendería como un alma consumida.

¿Me mantendrá ella en su memoria? ¿Seré todavía un recuerdo inopinado, una melodía de pronto acuciante? ¿Me tarareará una mañana de invierno en la cabriola aquella de estirarse las medias? ¡Los pantis, quiero decir! ¿Me recordará mejor de lo que fui? ¿Me habría regalado un riñón aquella mujer de la que en esta tarde no oso ni escribir el nombre, como si nombrar demonios los cargase de poder? Y, espera, ¿se lo habría entregado yo a ella? ¡Pero si el corazón me lo arrancó!

El nombre, que es lo último que se pierde, es lo primero que se concede. Cuando alguien te entrega su nombre te está dando la posibilidad de someter su atención, de pedirle dos o tres favores y de llamarlo a gritos en mitad del mercado, sea de abastos o de valores. Cuando una persona te confía su nombre te ofrece la posibilidad de decirlo. De decirlo a él, quiero decir, de hablar el individuo, causar la persona y decirle lo que quieras, hablar incluso a sus espaldas, que es la mejor manera de que le llegue tu mensaje. En el uso y abuso de esa palabra tan importante el nombre parece de pronto un complemento o un accesorio vulgar, pero en verdad es un órgano interno, una entraña sobrenatural que a veces uno deja de tener presente pero que de ningún modo desoye, no puede hacerlo porque la lleva dentro, esa mención, una rienda inoculada antes del verbo. No hay paisaje en el nombre, fíjate, es solo un asunto de orden psicosexual, por eso en los ámbitos cerrados tienen su propia moneda, motes y apodos que hacen de paraguas y son recordatorio de la comedia colectiva, apelativos inadecuados mucho más adecuados a la realidad. El diminutivo es otra cosa, es una manera de apropiarse de alguien, de tenerlo bien designado, por eso puede usarse también como veneno, desde la intención. El nombre es el primer mal que se inflige al niño y el encanto que facilitará dañarlo. Desconfía de quien pronuncie el tuyo tres veces cuando te mira porque lo que estará haciendo es denominarte.

Aquella mujer se llamaba Jimena y lo nuestro era francamente aburrido, pero con nuestra ruptura lo hicimos inolvidable. Hoy ella no sabe de qué estoy hablando, ha olvidado quién soy. Nuestro amor se había fundado no más que en una conveniencia, como cualquier relación, y durante mucho tiempo tras la ruptura seguí a su abrigo. Mantuve un diálogo interior con aquella mujer de belleza algo deshabitada, un tanto bambi. Su influjo gobernaba mis gestos, mis pensamientos brotaban afectados por la consideración de su existencia (ya solo hipotética, casi una alucinación) en el mundo. Suprimido, erradicado e inmensamente solo seguí deambulando como un pollo sin cabeza tres, cuatro o cinco años. Fui impropio, un despojo en mi tristeza incomunicable, y supe muy pronto, porque ya lo había vivido antes, que jamás nos íbamos a curar el uno del otro. Esto ella hoy lo sabe tan bien como yo. ¿A santo de qué iba a darme a mí nadie un riñón?

El amor, cuando se da, cree uno que lo está inventando. Y con el tiempo, cuando se marcha, vuelves a ser tú. Es imposible ser uno con alguien. O tal vez con alguien se es uno del todo, lo cual es insoportable para cualquiera, empezando por uno mismo.

A menudo creo que soy incapaz de amar, que ni siquiera sé en qué consiste. En otros momentos engañosos, de júbilo o de honda tristeza, cuando te saco a bailar o cuando no doy pie con bola, creo conocer el secreto profundo y siento que en ello me distingo de la mayor parte del mundo, esa patulea que cree amar, porque todo el mundo cree amar o haber amado aunque jamás vaya a tener acceso a algo así, a esto que yo sé y que he vivido y que nadie más sabe, una ilusión que se desvanece en mí antes de adquirir cualquier viso de credibilidad.

A Jimena la amé hasta donde pude, hasta donde conseguí amarla, una cosa corriente. Hoy me encantaría hablar de ella maravillas, pero ocurre que repudio el nombre de aquella mujer tan bondadosa y su recuerdo se me presenta atestado de gusanos. Acepto que me desfiguro en esa incapacidad, me avergüenza la indecencia que encuentro en su mención, el trapo sucio y viejo que ha pasado a ser para mí esa palabra arbitraria que la designa. Es obvio que el resentimiento, que tanto he luchado por evitar, ha podido conmigo, y repechado en algún orgullo me he convertido en un ser estúpido y mezquino. También creo que cierta aversión sostenida, prudente y dulce, el odio a raya, significa seguir amando, no renunciar al amor, este amor no me lo quitan. Pese a que he hecho de ella una presencia indestructible en mi vida, es atroz ir observando cómo pierde importancia.

Antes de pasar a ser este lisiado emocional hubo un tiempo en que sentía una quietud muy tranquilizadora cuando la ausencia de noticias me hacía pensar que aquella mujer seguía siendo. Cuando sentía la certeza de que todavía, de algún modo, distinta y muy cambiada, seguramente más triste, ella existía y era en el mundo, muy lejos de aquí. Me consolaba el mero hecho de pensarla viva.

Cuando expresó su deseo de marcharse entendí que había dejado de existir en ella y me eché a un lado sintiendo el dolor grabándoseme en el cuerpo, dictándome la expresión, un dolor al que se sumaba el dolor de ella, el que no quería infligirme en su decisión de seguir sin mí. Lo más terrible no es que Jimena se fuera entonces, sino la conciencia de que ya no iba a estar en el futuro. ¡Se fue lo que estaba por venir, qué te parece! Desapareció de mi vida y me sustrajo lo sucesivo, la posibilidad de la corrección y la enmienda, la falta se hará más manifiesta que la presencia y ahí es donde fermentará mi memoria, en lo que hicimos o dejamos de hacer. Me pregunto, y no quiero responderme, cómo la traté, cómo supe tratarla, que pude ofrecerle y hasta dónde fui débil, adusto, indigno o atrabiliario, qué ofensas y qué infracciones a sus sentimientos. Ya no podré amarla otra vez.

Puedes conocer a alguien, pero no puedes volver a conocer a alguien. Ya de ningún modo será posible, en el futuro, ser dos desconocidos, aunque es a lo que parece aspirar mi determinación, a restablecer el lustre y las cualidades originales, a omitir el dislate del haberse conocido. La música de Ladytron, con su algo *dreampop* y su puntito *shoegaze*, me trae de vez en cuando el sabor de nuestro romance, pero, aunque todavía pienso en ella, ha pasado a serme indiferente lo que pueda ser de aquella mujer. Porque sin presencia no hay parecer, nada consiste, y esto me corrobora que no somos la especie que pretendemos estar siendo sino algo mucho más indigno.

Pero ¿por qué estaré escribiendo ahora todo esto? ¿Por qué me preocupan ahora estos andrajos? ¿Qué es esta inocencia? ¿Tengo acaso quince años? ¡Pues quince años tengo! Entonces, como quinceañero, ¿qué me ha de importar a mí el significado de las cosas?

Nunca le hablaré de ella a nadie. Jamás volveré a mencionarla. Se irá borrando todo hasta desaparecer. Me llevaré conmigo el color de tus ojos cuando me vaya, esto y aquello que vivimos me lo llevaré conmigo. Cosas así decía la canción. El amor es imperecedero, ¡una cosa de nunca acabar!

Me gustaba mucho un diálogo de *Los viajeros de la noche*:

—Conozco pocas chicas como tú.

—No conoces ninguna chica como yo.

Si no me apaño con los vivos no sé qué iré haciendo con los muertos, qué colocación voy a darles si me vienen mal dados. Joann Sfar (le leeré esto dentro de unos días) lo dice parecido en uno de sus cuadernos: «Yo, que ni siquiera acepto la muerte, no me voy a poner a tolerar que un amor termine».

Hoy es lo único que tengo. Lo bailao. Lo único que tengo es aquello que he ido amando. Me temo, en cualquier caso, que el «te quiero» es suspirar, no es habla. Es una cosa que se dice pero habla no es.

La Rochefoucauld, a quien apenas he hojeado sin leerlo nunca (creo que citar a este hombre es como silbar un estándar), anotaba lo difícil que nos resulta consolarnos de los engaños y traiciones de nuestros amigos y enemigos a la vez que nos sentimos más que satisfechos en nuestros propios engaños y traiciones. Esto es cierto solo en parte, porque la humillación constante que supone la conciencia de los propios autoengaños y la incapacidad para perdonarse es un bochorno perpetuo. Al menos cuando se tiene cierta inclinación por desaprobar el propio pensamiento. ¿Cómo llega uno a ser tan desconsiderado consigo mismo? En un cuento de Borges que leía estas navidades por leer algo en casa de mis padres, el personaje se encuentra con su doble, un yo del pasado, y observa: «No podíamos engañarnos, lo cual hace difícil el diálogo».

Mona se seca las manos en un trapo que cuelga de un gancho y apostada en la encimera me sonríe y se lleva a la boca un puñadito de arándanos secos. Se los echa a la boca pero son para el coño, es una trasposición anatómica. Con Mona cerca soy todo preludio, me digo. Lo escribo, quiero decir. Y entre esa frase y esta otra he salido a dar un paseo cavilando aquellas otras cuestiones, cosas mías más leves, menos tal. Antes le he puesto en la nuca un beso de pequeño drácula y momentáneamente la he sentido innegociable.

He girado la cabeza a tiempo para ver caer sin solución la lámpara de pie de dos globos, de los cuales se ha salvado uno, el azar lo ha decidido intacto, pero el otro, esa pequeña catástrofe, ha bastado para sustraerme por completo un día que ya iba yo forzando desde la mañana.

Recordamos los inicios, el principio de las cosas, no tanto las interrupciones. El lugar donde ocurre el accidente, que es el buen momento de llevar la mirada al móvil para buscar una ruta alternativa, el vino que nos habíamos servido para distraer a la muerte derramado en un gesto con otro fin, el cortocircuito o el paso en falso. Esa fisura violenta del tiempo es necesario averiguarla.

El accidente es una extraña criatura gigante y mansa que se arrastra y como si acercase a un vitral todas sus timideces roza apenas la realidad con su dedo índice y lo retira repentinamente antes de escabullirse asustada por el alboroto molecular. De por sí no consta, el accidente, y aunque a veces se lo ve venir, su naturaleza es solo suceder, exceptuarnos.

Con todo, sigo aquí. La luz de la luna atraviesa con dificultad el cristal empañado de condensación. La luna que no duerme y que es el país de los muertos. No sé escribir su luz indecisa, ¿cómo sería? ¿Lechosa? ¡Lunar! Luz lunar, es correcto. La luna desierta qué hace ahí.

Me miro escribir. Creo verme escribiendo y detengo la actividad para preguntarme qué busco. Me atiendo en el hecho de la escritura y me parece una operación ociosa, un gesto no más complejo que el regate ocupacional del que entre la lengua y el paladar distrae un caramelo de menta.

No consigo recordar por qué escribo. No sé qué necesidad puede haber. Empecé a hacerlo porque era fácil e higiénico. Antes había tratado de expresarme dibujando, mojando pinceles y plumillas en tinta china, pero llegó un momento en que tomé tal distancia física con lo que estaba haciendo que perdí de vista el papel, me vi arrastrado por el pensamiento, que es el enemigo del cuerpo, y estorbé toda posibilidad. El pensamiento solo se lleva bien con el cuerpo en la teoría. En la teoría y en las pasiones. En este caso, la intervención del pensamiento, que es también un prado de la molicie, me daba lugar a un dibujo razonado, premiso y muy alejado de mis intereses.

Un día pocho me senté a escribir para tender un puente, buscando salir de donde estaba, que no era más que mi circunstancia, porque uno está solo en sus pensamientos, nunca está en otro sitio, y me puse a escribir, en principio, para dejar constancia, eso creo, para designar de alguna manera lo que me estaba ocurriendo, algo que en aquel momento me sobrepasaba. El resultado fue una pirotecnia sentimental, muy de chico con la espina en el costado, que no le di a leer a nadie porque nadie merecía correr con semejante sonrojo, pero en la que pude advertir asomos y trazas de lo que luego sabré que fue el modernismo, que según la Wikipedia trae rasgos de sensualismo, mitología, rechazo a la realidad, predominio del color en la metáfora, actitud aristocratizante, preciosismo en el estilo, imágenes clásicas, musicalidad, sinestesia, las aliteraciones, cierto individualismo, desazón, soledad, amor idealista y erotismo intenso, alternancia entre melancolía y vitalidad, yo qué sé, devoción por París, también dicen, pasos de baile que estarían respondiendo a mi temperamento, a mi genealogía y al lugar donde nací, todo ello influencias del simbolismo, que es lo que yo pensaba que era, un simbolista, esta especie de gandul que soy, pero no, uno da por hecho que su búsqueda es lo que le define pero la búsqueda alude siempre a lo que no se encuentra, por eso me creía simbolista, por lo que está oculto, en fin, aquello que permanece en secreto, pero al parecer nada es lo mismo que el modernismo, acaso el trastorno límite de la personalidad, que eso también puede ser, no sé.

La cosa fue cobrando importancia cuando la propia mecánica de la escritura me fue confiriendo acceso a regiones de la mente y de la experiencia que mantenía inexploradas, indicándome derroteros y proponiéndome renuncias. Dándome herramientas para conciliar apetitos, instintos y pulsiones en una humilde carnada estética. Por entonces, la escucha y el diálogo que es la lectura (la lectura en invierno bajo la luz cálida de una lámpara de lectura) ya había ido modulando mi percepción del mundo, en ocasiones me había ofrecido herramientas para comprenderlo —y para combatirlo— o en su lugar para aceptarlo de manera provisional, a la espera de soluciones.

Dicen los cursis que los libros nos construyen, nos hacen quienes somos, dicen cosas así y esta vez resulta que los cursis tienen razón. Después de todo, los cursis son uno mismo cuando se pone cursi, no son otra cosa.

Se pretende que la gente que no lee es responsable de la miseria cultural de este país tenebroso en el que vivo, pero la gente que está acabando con la literatura somos la gente que escribimos, los responsables de esta mediocridad vanidosa que en nuestra misma existencia entrañamos un perjuicio para el ecosistema del pensamiento, para los libros y para el arte y para la cultura, palabra ésta que ni siquiera sé qué expresa, solo funcional para el aparato oficial y para los saqueadores de las arcas públicas.

Escribir es irse. Irse y ser todo. Con el paso del tiempo he ido entendiendo la escritura como imposición, y cuanto más lejos siento que llego en ella, más distancia estoy tomando, más aparte me encuentro. La literatura es un rincón, un escondrijo, una deserción.

Los libros son objetos por designación material, pero no son cosas, son libros. Son objetos a veces perfectos y a veces sagrados. Esto es otra movida, esto que yo escribo ni sé qué es ni debe importarme, pero sé que escribo como insurrección, porque el mundo me resulta insatisfactorio. ¡Oficio de tinieblas! Debería complacerme a mí solo y sinceramente. Escribo esto, pero solo estoy pensando en morder a Fátima, la chica andaluza y tan copiosa ayer en casa de Toño, morderle el antebrazo y hacerle sangre, hacerla sangre, incluso, en madrí, por eso escribo, a saber. Me importan ya pocas cosas, es todo mentira, escribo para que se me lea, para ser menos mortal, para columbrar la sangre pletórica y trascender el tiempo del cuerpo.

Escribo, si hay que responder a esa cuestión tan manida, por gestionar el excedente de vida interior que me abruma. Y escribo, creo, ahora se me ocurre, para no hacer daño. Desde el sobreentendido de que nadie va a leerme, nadie saldrá por tanto herido. No te enfades, por favor, que no se enfade nadie. Escribo, entonces, dolido o disgustado, por no molestar, y doy lugar a estas páginas bochornosas que me evitan ser severo, iracundo, preceptivo o hiriente con quienes me rodean. Estas páginas los preservarán de mí. De mi parte más temible, que es aquella que somete, coarta y subyuga a los demás. Mi odio no llega a ser puro, contiene todavía fallas y trazas de profundo afecto, pero me arden todas las heridas de diversa gravedad que he infligido con palabras y que quedaron para siempre impresas en el carácter de las personas a las que quiero. Todo aquello que hubo de restar fuerza y decisión en otros o que supuso su capitulación.

Entretanto es abril, que arremete con toda su característica, metiéndonos dentro estos pesares.

Intelectualmente estoy más o menos de acuerdo conmigo, puedo compartir mis decisiones, pero normalmente no sé quién soy, no me conozco del todo y no sé si algún día llegaré a hacerlo. Escribir es mi manera de ser. Escribo para interesar a las mujeres del futuro. Por sentirme voluptuoso cuando ya no lo sea. He ahí la primera aspiración de la escritura. La humildad no es más que un útil. No existe el escritor humilde. La humildad aparente, mis impertinencias, mis preocupaciones sucesivas… Un escritor es un ser inmundo, pero solo si es un buen escritor.

Por ahora tengo aquí esta ventana tan generosa. Me encuentro junto a ella. Cada noche, desde hace un mes, veo Sirio antes de dormirme, y a eso atribuyo este mecerme tanto en ciencias ficciones últimamente, este pensar mío en términos especulativos y de prospección íntima. No sé qué me pasa.

Sé que no parece muy serio, ni siquiera aceptable, escribir «no sé qué me pasa», no más que una expresión en la que atraer al lector a mi intimidad como quien tira del edredón y se arropa en la cama; pero ciertamente, esta vez, no sé qué me pasa. Podría decir, llevado de este ánimo deslucido, que nunca antes me había sentido tan solo, pero estaría mintiendo. Me he sentido solo, tanto y más, muchas veces antes.

Escribo para desencarnarme, para resolver un misterio, busco una solución. No puedo admitir que el resto del mundo no comparta mi visión de este desastre, la tragedia del mundo, que su flema incapacite mi rebelión.

Me encuentro escribiendo y no sé en qué momento me aboqué a esta mediocridad, a este no producir nada que a lo que más se parece es a ir extrayéndose de la boca unos pañuelitos de colores, las manos trepando unos pañuelitos anudados que nunca nos izan del sueño. ¿Por qué estaré escribiendo? Se da un proceso muy perverso en el escribir, y es que has de ir dejando de ser quien eres para llegar a ser tú mismo. Hay que lograr un escribir ajeno y escribir para convencerse.

Escribo, es posible, como hábito del pensamiento. Me alumbro con esto, llevo estas palabras como un candil, ¿qué otra cosa tengo? ¿Cómo puede alguien soportar la vida sin explicarse lo conveniente de sus decisiones, sin justificar lo oportuno de sus acciones? Organizo mi mente en base a malentendidos y nadie me lleva la contraria, me corrige o me saca de mi error. Escribo por enredar con imprecisiones, algo que creo necesario y más que necesario, fundamental. Escribo para decirme, pero sobre todo para proteger y preservar todo esto del tiempo destructor. Todo esto que escribo. Y escribo, antes que nada, para perdonarme.

Mona duerme arriba y trato de impresionarla tecleando a la velocidad del rayo. Le hago creer, en el chaparrón de este teclado aparatoso, que estoy plasmando muchas meditaciones, que mi cabeza bulle de inquietudes y pensamientos de gravedad, y escribo para dar una imagen más aceptable de mí, de lo que soy, trato de ser sincero y para ello tengo que mentir, la verdad, es inútil, ni te imaginas la cantidad de tonterías que estoy escribiendo, cariño, y tecleo trepidante estas líneas que como se puede ver no contienen nada, asdasdfa ñlkjlklkj asdfadsf ñlkjñlj asdfasdf ñlkjlñj asdfasdfa ñlkjlkjñl asdfasdlf kfjñljñ asdfads flkñjlkñj adfadsfa fñlkjlkj adadfasfd ñlkjñljk asdfasdf ñlkjlkj adasdf alkjljñ adasdfasdf lkjñlkj adfasdfas ñlkjlkj LOL, se limitan a recorrer el tiempo a doscientas pulsaciones por minuto como un fenómeno atmosférico en mitad de la noche que a Mona, que tal vez mira Instagram en la cama, le ha de estar dando que pensar, le estará impidiendo leer la página del libro que sostiene sobre el pecho porque está tratando de leer en su cabeza lo que escribo, resiguiendo el sonido en el aire, intentando discernir qué teclas pulso, en qué momento el pulgar da un espacio o cuándo y por qué escribo su nombre en un viaje de cuatro pasos, como al comienzo de *Lolita* pero en versión callada y mecánica: eme, o, ene, a, el índice, el anular, de nuevo el índice y el meñique, fatal, cualquier posibilidad poética a tomar por culo.

Escribías mucho anoche, me dirá por la mañana, parecías escribir furioso y acuciado, ideas inaplazables, mucho qué decir, qué mierdas escribías, hijo de la gran puta, qué escribía este anormal, estará pensando cuando salte el pan loco perdido en la tostadora. Pues esto mismo escribía, esta farfolla que nos concierne solo a nosotros dos, a nuestra circunstancia íntima de hoy miércoles, un motivo melódico que cualquier incauto puede estar leyendo ahora porque ha pagado por este libro y de pronto se encuentra atropellado por esta monserga, por esta precipitación lunática que solo detengo en breves lapsos para emular el pensamiento, para simular un instante de cavilación, de estar afinando la invención, cuando en verdad estoy dado a un parlatorio estéril connotado de ti, un romance de ciego que acaba siendo más tu pensamiento que el mío, tu voz ilimitada en mí, enredado en mí tu misterio, tu yo de noche labrándose en mi escritura, que no tiene más que decir que llamar tu atención, esta es su trascendencia, su gloria, esta es la única aspiración de la literatura. No puedo esperar más de mí.

Antes la dejé leyendo en la cama con una luz rebotada de mi lamparilla (la suya se fundió anoche) que me parece algo escasa. ¿Ya te ves?, le pregunto. Y Mona me mira un segundo para comprender y caigo en la cuenta por vez primera de que la frase es un modismo catalán del que me sirvo con frecuencia, y tomo conciencia de lo mucho que me gusta dicho así, en castellano, y decido que me lo seguiré permitiendo.

Me remanso a medida que te voy sabiendo dormida. Asumo tu respiración y asumo otro montón de cosas.

Que la realidad de nuestro descontento parece la realidad completa pero es solo la realidad de un instante, no puede entelar toda la extensión de nuestra realidad, la vida en la que nos vamos acompañando, hecha de un sinfín de otros momentos y lugares, de ánimos diversos y consecutivos. Y me aquieto y se me ocurre entonces tal vez casarme contigo, como Celentano con la actriz aquella, de noche y en secreto, sin que tú lo sepas, sin que lo llegues a saber nunca.

Llevo el día quitándome de en medio. Visitar un rodaje es siempre embarazoso. El no tener nada que hacer allí, no pintar nada, ninguna encomienda. El ejercicio es parecido a la contemplación de obras de construcción y albañilería de los jubilados ociosos, que con lo suyo ya hecho supervisan el calvario ajeno, las manos a la espalda, la vida batida.

Se está filmando bajo techo, así que he venido a esta nave industrial en cuyos alrededores se reparten fuselajes de avión, chasis desmantelados, repuestos y parejas de butacas rencas traídas por un huracán. Chatarra restablecida. Un rodaje tiene algo de desguace desperezándose.

Se filma estos días un accidente de aviación que congrega varias muertes simultáneas en el corazón de la película. Coincide que todo el equipo viste de negro, un luto colectivo habitual en los rodajes no tanto en duelo por la realidad como para camuflarse de la ficción, por no distraerla.

Rodar un accidente es rechazar el accidente, negar la inminencia. La agitación que reina aquí esta mañana está orientada a la confección de una catástrofe hiperdiseñada en todos sus pormenores. Se contemplan incluso, como aportes de verosimilitud, los pequeños accidentes dentro del accidente, las vicisitudes del accidente, hechos causales o derivados que lo han de acreditar. La calidez del rodaje, esa realidad que se amortaja para dar lugar a otro plano, a una realidad otra, intangible, que es la realidad del juego, debe romperse con violencia.

Ayer mismo, ahora caigo, fantaseaba mi muerte ilusionado mientras tomaba asiento en un avión amarillo. Mediaba la tarde en el aeropuerto del Prat y la megafonía diseminaba en la aeronave el arrullo de Marvin Gaye, que pretendía atenuar la inquietud del despegue con su «What's Going On». Supongo que alguien confió en que su aprobación universal eclipsaría el torrente de pesar que la canción significó en origen.

Una mala respuesta humana a un fallo mecánico, una avería motora, un pájaro al que los halcones residentes del aeropuerto no han logrado abatir triturado en la turbina. Sus huesecitos, un ala rota, ¡un ala nuestra!, y el avión cojo, suficiente para perder estabilidad e inspirarme un escenario colorista donde la cotidianeidad se va desbaratando en una serie de sacudidas y tropiezos, los maleteros escupiendo sobre el pasaje el viático de estas personas humanas que se alarman antes de que todo pase a ser lo de menos. Golpes y roturas, ya nada importa. El miedo modulándose en pánico, entregando la civilización, duelen los empastes y arden los senos nasales, se oyen alaridos, las lesiones se suceden a tal velocidad que es imposible identificarlas, el fuego si es que hay fuego, no sé en qué fase del accidente aparece el fuego ni si hay fuego, no tengo eso claro. ¿Hay fuego? ¿Ocurre el fuego? El fuego que es uno y multitud. ¿Qué nos dirá el fuego? El fuego bailante, mi entorno en danza, saboreo esa sonoridad incomprensible, la paranoia, los garabatos de santiguarse, lo que viene siendo hacerse cruces, la agitación colectiva y mi cuerpo desarticulado comprometiéndose con el de una desconocida a mi vera, mi cuerpo y el de tu madre buscándose las simpatías, las clavículas hundiéndose y tajando órganos, costillas perforando pulmones, utilería hincándose en los cuerpos, repercutiendo en la carne (las heridas por asta de toro presentan a veces cuatro o más trayectorias), su estómago, el de tu madre, desgarrado en el metal y desparramando un contenido recalentado, alimentos a medio digerir, olores desacostumbrados, moléculas en dificultad. Hemorragias, orines, pulpa y bencenos. El terror propagándose, yo en el pasillo del avión poniéndome mi americana con tranquilidad entre alaridos inhumanos y estertores sobrenaturales, un cuello roto hacia atrás, papilla, gases y ceniza. La idea del amasijo. Pedazos de titanio y acero lloviendo la península, un festín en la troposfera. De esta no podemos salir vivos, todas esas presiones nos drenarán la sangre del cerebro, estallaremos en el aire, nos reventarán los cuerpos desde dentro, por primera y última vez nos veremos los órganos.

De un golpe, la pluma que llevo en el bolsillo del pantalón se hinca en mi escroto y sé que si sobrevivo al accidente moriré infectado por esta tinta negra que ahora se disemina en mi torrente sanguíneo, este libro que va a matarme. *Brother, brother, brother*, ¿cuáles eran mis preocupaciones? No recuerdo cuáles eran mis preocupaciones, qué desgracia y qué dicha, qué felicidad encuentro en la debacle.

¿Se interrumpirá esta música que nos llega o seguirá sonando llegado el momento? ¿Supondría una falta de respeto que prevaleciera durante la hecatombe? ¿Algún tipo de frivolidad? ¿No era esto una celebración cósmica? ¿Y si esta canción se escribió para mí? Tal vez estoy por morir a su amparo, no puedo saberlo, ya no oigo nada, los tímpanos triturados y un frío helador. Nos iremos de aquí bailando, los cuerpos en contorsión. Todo yo soy vida alegre y agropecuaria, nada tan revitalizante como las ideas de aniquilación. Empiezo a necesitar, de hecho, una tragedia, una catástrofe, un atentado multitudinario, algo que vuelva a ponernos en sintonía, volver a amar a la gente que quiero y hacer esto soportable un rato más.

La película se dirige bajo palio, desde la penumbra de una jaima negra que es la mente del rodaje. El director está sentado frente a una batería de monitores que registran y reproducen en bucle la fantasmagoría que cavila, ventanas al ultramundo que a mi entender centrifugan el tiempo y lo devuelven al ahora como un residuo. Hay algo insano en que se lleve a cabo todo esto, en que se haga realidad el sueño de un solo hombre.

Me cuesta emplazarme en la oscuridad, me aturden tantos chivatos e interruptores y temo perjudicar alguna maniobra con mi mera presencia. La realidad se presenta aquí a contraluz porque la luz gobernante responde a otra realidad, una realidad cegadora. Pongo toda mi atención en identificar los rostros entre el enjambre de asistentes que ronda el combo.

Jota me ofrece una silla de tijera (como las de las películas, eso es) y me muestra algunas imágenes mientras hablamos de canibalismo, de la dificultad de hablar de canibalismo cuando llega el momento de practicarlo. Aparte las obvias, que son las italianas, me viene a la cabeza, aunque no la menciono, *La nuit de la mort!*, una película lúgubre de Raphaël Delpard donde los ancianos de una residencia se avenían a su vejez en comunidad lúbrica y antropófaga, devorando entrañas con un apetito insólito a su edad.

Entiendo que el desafío ético del canibalismo, su verdadero inconveniente, se encuentra en la expulsión de los residuos, en el después defecar al compañero. Puede comprenderse que un hombre se coma la carne de otro si se da la circunstancia, pero el trance de un hombre cagando a otro, haciendo del prójimo sobrante, se engloba en otra categoría moral.

Un rodaje es un montón de gente haciendo un flan. Se congregan aquí casi todos los oficios, cada gremio atento a su cuadrilla. Operarios que acarrean y recogen cables, mangueras eléctricas, hombres y mujeres sometidos al arte y a la industria del entretenimiento, a lo que sea el cine, eso no lo sabemos, moviendo aperos de arriba abajo como agentes polinizadores.

En tanto que perversión de lo real, el cine no se puede hacer desnudo ni con lo puesto, requiere mucho auxilio y mucha maquinaria interpuesta. Aquellos que manipulan instrumentos de precisión llevan frontales, linternas de minero, el pensamiento encaminado. Otros calzan prótesis tecnológicas y tratan con ingenios que desconozco, que no son nada sino su función, su resultado.

El director de fotografía me está relatando una anécdota relacionada con Sam Raimi cuando alguien de su equipo, que está desperdigado por el plató tratando de identificar el origen de una luz que contamina el plano en preparación, le informa por el intercomunicador: «Tengo el sol apagado». Y en esa frase, claro, caigo y me repantigo, parece mía, y con el canto de la mano hago acopio de un puñadito de nieve falsa, celulosa molida que han desparramado unos cañones.

No sé dónde piso. Por el suelo se distribuye una señalética extraña, pedazos de cinta americana de colores como letras desparramadas. Son huellas preliminares, un rastro anterógrado que hace del territorio mapa y señal. Llaman a la compasión las aberraciones de la realidad que picotean esas marcas, hombres y mujeres extraviados cuyo aspecto responde a otro entorno y que sobre sus piececitos de barro parecen estar buscando un espejo que atravesar. Deambulan el plató vestidos de domingo, son los actores, caparazones que apenas vuelven al mundo animado cuando el ayudante los llama a la acción, que dejan brotar una lágrima con la cámara a escasos centímetros de su rostro, cuando ya no pueden echarse atrás, y que no brillarán hasta que todo este operativo surta efecto. Están muy solos. Concentrados en no perder de vista la verdad de unos personajes que acabarán por ser lo que ellos hagan, nunca lo que ellos sean. Serán también lo que se haga de ellos en el montaje, donde ocurrirá otra película.

Los actores, en su alteridad, no quieren malgastar ni una palabra porque viven sin defensas, con el sistema inmunológico desconcertado, así que asienten las instrucciones con los labios pegados, administrando la energía que ha de componer sus personajes con un celo aparente, en realidad tedio. Los actores son individuos capaces de trabajar su acento hasta perderlo. Es inquietante verlos sustraerse, tratar de comprender, buscando la frecuencia del monólogo interior. Y en el momento en que la cámara arranca a filmar abdican del mundo, son solo ahí, entregan su humanidad y no tienen nada en ninguna otra parte. ¿Deja de ser él mismo un actor cuando actúa o lo es entonces del todo? De momento están desprotegidos. Su único anhelo es que al salir del cine se los recuerde. La script los observa como una ornitóloga, discreta, siguiéndole el rastro a la ficción, tratando de no perderla nunca de vista, instalada en un interregno del que es dueña, señora y pepito grillo.

En unos diarios que escribió durante el rodaje de *Tristana* con Buñuel, Catherine Deneuve registraba el día en que conoció a Franco Nero, a quien describía como alguien simpático, abierto y cercano, y anotaba, entre sus pensamientos, lo difícil que debía de ser para un latino aceptar sin remordimientos la condición de actor.

Conviven el ruido del operativo, la tramoya y el silencio ejecutivo, el que se requiere por favor hasta que se pide a voces, se ruega a viva voz que cesen las conversaciones. «¡Susurren!», grita el ayudante de dirección.

Hay quien solo debe distinguir una voz concreta, las instrucciones de alguien. Para minimizar el error y evitar el malentendido los técnicos y ayudantes usan el oído, el te copio y el afirmativo en lugar del sí, hablan a sus dispositivos con retórica militar. Los hay que se quedan allí demediados, a la espera, buscan el momento para encajar su consulta al director, la realidad trata de abrirse camino. Y filman y cortan y vuelve el ruido, rompe y se extiende la realidad rumorosa.

Cada toma nos desplaza a todos con su significado en cuanto se oye ese corten que promueve la siguiente permutación. El director en su carpa es el único que trabaja solo, opera en una dimensión en la que está solo con su visión, en eso puede parecerse a un escritor, en que se ha ido.

Escribir se ha dicho que es peligroso para el que escribe, que puede verse comprometido por sus propios pensamientos, por su asomarse al abismo pero también por servirse del mundo y de los otros, por hacer usufructo de sus relaciones o por poner en entredicho la confianza que comparte con sus semejantes, con los demás. Todo esto es mentira, darse importancia, lo que escribamos no le va a importar nunca a nadie, lo nuestro no es más que miedo al ridículo, a salir desprotegido y ponerse en evidencia. ¿Cómo vamos a encajar todos los ataques que provocarán estas palabras?

Hacer una película, por el contrario, decirle a un actor que mire aquí o mire allá, que vaya y vuelva y traiga aquello, cambiarle de lado la raya del pelo para engañar el tiro de cámara o hacerle fumar despacio porque su pensamiento está en otro lugar supuesto que solo el director conoce, todo eso, digo, me parece un apuro y entiendo que requiere un temperamento y unas dotes adecuadas.

En el comedor hay gente herida. Personas con vendas en la cabeza y las ropas manchadas de sangre, técnicos y figurantes que trabajan en esta ciudad de platós.

Dispongo mi bandeja con lo justo, un muslo de pollo con guisantes, sin salsa, y una tarta de limón, me quedaré con hambre, pero no encuentro el derecho a comer más, soy un intruso, el único aquí que no trabaja, me siento avergonzado, siempre escribiendo.

Todo esto me entretiene, pero es un entretenimiento impreciso porque no siempre es fácil acertar con lo que está ocurriendo. Todavía no existe, esta película de aviones estrellados en la nieve, no podemos recordarla. La impresión es por tanto la de ver confeccionar un crucigrama, intuir primero los términos y después buscarles definición. ¿Quién hace el crucigrama, el que lo hace o el que lo hizo? ¿Quién lo resuelve? ¿A quién se le debe? ¿Será posible reducir esta chifladura colectiva a la unidad semántica de una película?

Me veo interesado por las mismas cosas que Jonas Mekas cuando filma un rodaje de Scorsese o cuando Naxo Fiol hizo lo propio en aquel de Jess Franco, *Al Pereira vs. The Alligator Ladies*, recogiendo las pequeñeces, lo imperceptible, la viruta y el serrín. Pero me iré en un rato, ya ha anochecido y estoy lejos de la ciudad. En casa miraré una película que será otra vez la misma, luego hablaré de esto. En el tren de vuelta, un tipo se lamenta a su acompañante porque la película que ponen ya la ha visto. La vida es un desacuerdo.

Antes de salir husmeo el rincón del cáterin. Me hago con una manzana y al tiempo que le busco el mordisco me echo al bolsillo un puñado variado de infusiones en bolsita *de luxe*: jengibre, té verde, la tila me hace reír. Nadie me ha visto, están muy ajetreados, no van a atraparme. Hago saco con mi camiseta y echo en ella un puñado de galletas de canela, yogures de coco, mermeladas, chuchitos, berlinas, un bote de miel, ¡expolio!, grito sin querer. La realidad solo sabe expresarse en la ficción. Esta película va a costar ochenta millones de euros, el mundo del cine no tiene ni pies ni cabeza. Al salir de allí me aclaro la garganta sonoramente, si bien no tengo nada que decir.

Saliendo a Via Laietana me he cruzado con Rubén Lardín y ambos hemos fingido no habernos visto, que es algo que se hace mucho en Barcelona. Lardín es un chupatintas al que le encanta saberse adorado. Un prosista envanecido, como si dijéramos. Cuando escribe bien no escribe del todo mal, pero le acaba pasando un poco que confía tanto en la calderilla de su encanto que no se esfuerza en nada de lo que hace. Entiende que con lo que lleva a mano en cada momento va a ser suficiente, y su condena es que suele serlo. Te crees sensible pero sobre todo eres frágil, le dijo una vez una muchacha. Yo esto lo sé porque me lo han contado. Pese a su aspecto de comadreja desgastada, es un hombre de buen esqueleto. Y con inventiva, reconozco, en sus accesos de violencia verbal. Al fin y al cabo, nuestro temperamento es lo único que somos.

En todo caso, mi problema es otro: salir de aquí. ¿Cómo salgo de aquí? ¿A quién me debo? ¿A quién pertenezco? ¿Cuál es mi compromiso artístico? ¿De qué manera me zafo de este libro incierto que voy inventando? ¡¿Cómo lo libro de mí?! Este libro sin héroes ni soluciones que escribo, sin acometida ni arquitectura, acaso manantial, desagüe, porqueriza y estrépito (escribir es un silencio ensordecedor), cláusulas y más cláusulas en cada una de mis frases. ¿Cuál es el tesoro de este libro sin sucesiones, sin rostros, desbarajustado de manos y planos cortos? ¿Dónde debería plantar la cámara? Decidme, ¿cómo huyo de este eclipse total de mi corazón? La vida del peor de vosotros vale más que la mía esta noche.

Pretendo remolcar mi propia dignidad con toda esta fraseología un poco desesperada. Esta prosa persiguiéndose, fíjate, todo este fasto tratando de hacerse literatura. Si pudiera desviar la atención del lector hacia alguna parte… ¡Pero que nadie haga bromas! Resto importancia a mi trabajo precisamente porque lo sé apreciable, qué os habéis creído.

Al igual que el arte abstracto, que arrancó al sujeto de su centro y se radicó en su ausencia, Lovecraft aventó al hombre del foco de sus libros y entregó el protagonismo al cosmos, le hizo sitio a la nada, que al contrario de lo que se piensa ocupa mucho lugar (la nada es enorme, descomunal), y en sus relatos se dieron unos conceptos y tuvieron lugar unos acontecimientos de los que sus personajes no fueron más que testigos mudos, dejó al ser humano con la palabra en la boca, un poco *in albis*, porque en latín puedes decir lo que quieras que va a ser lo mismo que decir nada, nunca te va a faltar razón, el mundo asentirá engatusado. Es la investidura del tiempo, la carga ancestral, que hace verdad. La única verdad ahora, sin embargo, es la ineficacia de uno frente a sí mismo, todo este yo sin solvencia, el hacer pública la vida íntima.

La ficción qué es. Pero si es que la ficción lo es todo. Yo expongo aquí el hecho, la experiencia, el pensamiento, y sé lo que entraña pero me resisto a desvelar su significación precisa, qué me estás contando, pero si es mucho más abundante lo que no existe, lo que no es real, que la realidad misma. La realidad como tal abunda, es en sí, pero el mundo imaginario, interior, es mucho más caudaloso. Las enfermedades y las tragedias sacuden ese mundo, son los embates de la realidad, la realidad manifestándose en toda su ira, el azote, la influencia y la cualidad de lo real.

Este libro de los hechos, que no es por tanto un libro de la imaginación, pretende que lo irreal, en su falta de sistema, es mucho más posible, y mejor.

Es así. No hay más. Los cambios que puedan aplicarse serán circunstanciales y perecederos y el mundo, en lo irreversible del tiempo, recobrará su ruindad, y en la circularidad del tiempo volveremos a ver tiempos de oleadas ardientes, brotarán odios antiguos que creíamos haber erradicado y volveremos a cerciorarnos de aquello que escribía el árabe loco Abdul Alhazred, padre nuestro que estás en los cielos: que no está muerto lo que yace eternamente.

De Mona sabemos apenas cuatro cosas. Que tiene la voz delgada y el culo fundacional, impensable, siempre nuevo al volver a mirarlo. No al volverse a mirarlo, poned atención, sino al mirarlo otra vez, al mirarlo de nuevo. Esto es lo más importante.

Luego ocurre que no es propiamente guapa y de ningún modo fea pero sí endiabladamente bonita y luminosa y plena en el mundo. La hembra que es responde al latido natural. A veces me recuerda a la Melanie Griffith niña de *La noche se mueve*, con la calaverita pronta por la boca, la mirada fugitiva y toda ella privada de estereotipo. Un modelo de mujer, si lo pienso, que nunca me atrajo hasta que en ella pasó a gustarme inmediatamente.

Durante el rodaje de *La noche se mueve* en 1973 se descubrió que Melanie Griffith había mentido sobre su edad, por lo que Arthur Penn tuvo que esperar hasta 1975 para filmar sus escenas de desnudo. Con Mona se da también una dilación, es todo antesala. En lo del sexo tengo la sensación de que va aprendiéndose. Su interés hasta el momento había sido moderado, corriente, el de quien observa los ritmos y atiende las mareas. Mona se toma el sexo como materia instintiva, algo que basta considerar cuando arrecia, y sé que de ningún modo, nunca antes, se había entregado a la indolencia erótica, al derroche o a las distracciones del vicio. El sexo no es su lengua materna, su identidad no se define ahí, pero en él se templa y se exalta y deja de ser o quizás es absolutamente, de ambas formas se me da a entender. Se muestra llena de sí y puedo ver el mundo entero reflejado en ella. Ríe, brama, se hace gutural y deja atrás el lenguaje, por tanto no puede mentir. Es un momento en el que no oculta nada, creo que eso es lo que me arrebata, que olvida el decoro, no da indicios de culpabilidad y se apremia, inconclusa, a darse entera. Me cuesta creer que luego vaya a ser la misma.

Vuelvo a mirarle el culo y me desprecio por dar importancia a otras cosas. ¡Si no hay nada más! Y humillo el gesto y cedo a esa tiranía y vuelvo a ser siervo de ese trasero suyo que tiene y me odio por no ser capaz ya nunca de volver a darle el primer beso.

Mona es un descubrimiento sin fin, se renueva cada vez que la miro y en sus ojos me da la imagen que tiene ella de mí. Mi idealismo y las causas perdidas y los pensamientos elevados que me han ido haciendo creer que estábamos en la buena senda quedan sofocados en el arrojarme a los brazos abiertos de esta mujer. Y creo que este es el lugar al que pertenezco.

Dentro de un rato, cuando la deje en la estación, conduciendo yo de noche (he tomado el camino más agreste para en trayecto apreciar cómo le vibran suavemente los pechos), la veré acercarse a la ventanilla para recordarme una nadería, algo referente a las plantas, a las macetas de casa, y no podré escuchar lo que quiere decirme porque estaré cautivado por la luna de agosto amarilla y tarda que a mis ojos, en ese instante y ese lugar, y esto ella no lo va a saber nunca, la nimba y me la ofrece santificada.

He bajado a por un recambio de cocina, una goma para la olla a presión, que en una vida como la mía es lo más parecido a ser la mitad protagonista de una *road movie* e ir a por un neumático de repuesto hacia el final del primer acto.

Me he llegado a la ferretería de Cascorro con un diámetro en la cabeza, como quien va a comprar un sombrero sin necesidad, memorizado un diámetro para dar con mi horma, todo bien, y de vuelta, resuelta esa minucia, he pasado por la floristería y he gastado el último dinero que me quedaba en un manojo de claveles que no sé si sabré mantener con vida. Son claveles cortados, frescos y murientes, pero si les voy mareando el agua y podándoles el tallo se mantendrán pintones todavía una semana. Debo seguir pretendiendo que todo esto me importa.

El día fuera de casa es una retahíla de pequeñas humillaciones desde el desayuno, donde me he visto abocado a un bol de comida para aves que contenía, según me han enumerado, muesli, chía, quinoa y alguna otra semilla de cualidades infladas.

Trato de no leer, de no ver ni escuchar nada de lo que me sale al paso, molestas agresiones que me van cargando de una tristeza de la que luego me cuesta mucho desembarazarme. Hoy no cuento con ninguna membrana de protección ni consigo mantener activada la indiferencia.

La jornada se ha torcido del todo a media mañana, cuando he avistado a toda esa gente apostada al final del día, habitando el futuro inmediato de una *vernissage* a la que no recordaba haberme comprometido a asistir acompañando a Mona, una reunión con cena fría que resultará ser la velada exacta que me estoy temiendo.

Aquí hay más gente que en la guerra. Hemos acudido a una nave industrial intervenida, según se especificaba en la invitación, por artistas jóvenes. La exposición, que a decir del programa «opera e interviene en los límites difusos y maleables de nuestra capacidad adaptativa e invita a decodificarnos y pensarnos colectivamente, de manera crítica y propositiva, para redefinirnos desde la mutualidad en una sociedad tecnificada en constante cambio», consiste en media docena de tapices que estarían representando sendos animales en peligro de extinción, y digo estarían porque para dar a conocer el mensaje los animales han sido suprimidos, cubiertos gradualmente, a lo largo de las últimas semanas, de pintura blanca que hoy delega la identificación de cada criatura en su correspondiente cartela aneja. La ocurrencia ha sido útil para duplicar la celebración en inauguración y clausura y así volver a verse hoy, al fin y al cabo son siempre los mismos, y si entre los animales en extinción no han incluido al ser humano es porque no hay especie capaz de sacar en conclusión su propio cesar.

La muerte ha ser un lugar como este, una ciénaga de comisarios, programadores, galeristas, gestores culturales, periodistas y doctores universitarios, ¡paraninfos! Nada peor que un catedrático del demonio, epítomes de la mediocridad, trituradores de talento, enredadores y sinvergüenzas, ¡artistas interdisciplinares! Distingo incluso un escritor. Nadie es tímido aquí, nadie aquí es vergonzoso. Son ratas a la carrera a la caza de ayudas europeas, subvenciones municipales, residencias artísticas, becas de la comunidad, la bicoca, los apaños, el botín y la vaca lechera. Lo que Bernhard llamaba «los vividores de las artes». Argh, estos hombres párvulos y malvados.

En España un artista no sirve de mucho y sin embargo conviene, al menos su simulación, por eso a la mayoría los financia el estado, porque son inofensivos.

En Francia los llaman bobos, en contracción de *bourgeois bohème*, niños bien que adoptan ideologías y conductas de la bohemia pero eluden su verdadera naturaleza, que es el comerse los mocos, el mero hacer, el desapego material y un rechazo frontal, convencido y pertinaz al sistema establecido, cuya herramienta más eficaz para atajar insumisiones y atetar cómplices, por otra parte, va a ser concederte una subvención. La brecha entre lo que esta gente y yo consideramos arte es insalvable, el despeñadero por el que se precipita mi confianza en la especie a la que pertenezco.

Me conduzco entre ellos con cierta aspereza. No quiero abundar en su oportunismo ni tengo ideales que defender porque estoy convencido de su inocencia, no hay debate posible sobre nada porque todos sus principios son tan cosméticos como seguramente los míos. Las razones y las necesidades de cada cual son distintas razones y necesidades. Al fin y al cabo, todo lo que he dicho, aseverado o pretendido alguna vez, todo lo que pude prometer e incluso más, aumentado, enriquecido por el embarazo y la vergüenza, ha vuelto a mí tarde o temprano como motivo de ignominia. De todo me he desdicho con los hechos. Soy la misma basura que cualquiera de vosotros. Y os aseguro que es espantoso ser como vosotros.

Qué sé yo. Mucho peor es ser esto, degradarse en la arrogancia con que condeno a estas personas de cortos alcances, toda esta gente asquerosamente normal, terrorífica, conveniente. Palomas picoteando un vómito.

Cuando más comprendes, más sufres, más conoces tu maldad. Te haces peor. Pero esa conciencia, que algo tiene que ver con la culpa, te permite también, si le pones empeño, ahogar la vileza que te constituye, detenerte. Es como llevar en el bolsillo un termostato. Saber qué eres te ayuda a impedirte.

Entretengo la velada contemplando a voluntad a esa periodista bien aseada de quien tanto me turba su físico y su mirada rozada de codicia. La cadera ancha y sobrante, regalada, estoy perdido. Sabe siempre y en todo momento cuándo la estoy mirando y eso me lleva a ser imprudente, pero nadie nunca hasta hoy ha tenido noticia de nuestro coloquio amoroso. Ojalá estuviera casada para planear el asesinato de su marido y escribir un libro, un libro con crímenes, algo, qué menos se le puede pedir a un libro.

Tengo mucho que aprender, pero por el momento me acerco a la mesa de las botellas y bebo un vino afrutado que no me hace ningún bien. Hago lo que debo, me disemino en conversaciones insustanciales, sin músculo, que apenas si se sostienen funámbulas hasta que uno u otro de los interlocutores, desinteresado, se retira aquejado de la poquita cosa que venimos siendo.

Salto de un corrillo a otro pero gasto mi breve montante de entusiasmo en los primeros compases. Se habla mucho de artes visuales y sobre todo de piezas, la mitad de ellos están «preparando una pieza», una «conferencia performativa» o alguna otra cosa de naturaleza «transversal». El resto celebra esas noticias con un espasmo automático que conlleva sacar el móvil, hacerse repetir la fecha y «agendar el evento» en sus calendarios, otra de esas conductas empresariales que me lleva a detestarlos. Cuando uno pronuncia la palabra «ameritar» tengo que reprimir el impulso de acuchillarlo y decido buscar pequeñas tareas que cumplir, descorchar otro vino (esta vez le escudriño la etiqueta, pero no leo bien, hay poca luz y no quiero ponerme las gafas, no quiero ponerme en evidencia entregando un gesto mental, me lo voy a beber igual), ir al baño, ojear descuidado el móvil depositando en él la vergüenza de estar sintiendo por dentro un desierto mientras toda esta gente parece que baila.

Alcanzo a releer en el chat un generoso mensaje de Toni, ayer, citando a Roberto Calasso: «Cuando la vida se encendía, en el deseo o en la pena, o también en la reflexión, los héroes homéricos sabían que un dios los hacía actuar». La cita me llevará a curiosear dentro de unos días su libro *La locura que viene de las ninfas*, donde se explaya: «El profesor Karl Oesterreich, mientras trabajaba en su por lo demás apreciable y muy influyente libro sobre la posesión, se sintió un día en el deber de experimentar personalmente aquello sobre lo que escribía. Se procuró un cierto número de hojas de laurel y comenzó a masticarlas tenazmente, puesto que, según los textos antiguos, así hacía la pitia. Después de cierto tiempo tuvo que constatar que el efecto era nulo. No pensó que mucho más eficaz sería observar su mente en las circunstancias más banales y normales. Ni más ni menos se requiere, de hecho, para tener alguna experiencia fundada de la posesión».

Lo terrible de las palabras es que no son acciones, no son finalidad ni pisapapeles, no hay práctica en ellas y no contienen vida, sino vanidad, suposición y propaganda. Ahora mismo estoy escribiendo para alguien, lo percibo, no estoy solo, hijo de puta, dónde te metes, me sé leído, no expío nada, debo dejarlo aquí.

Antes, durante apenas un par de segundos, me embarga la convicción de que en algún lugar en las entrañas de Júpiter, que es todo él un planeta fantasma, se agazapa al menos una unidad de conciencia, y digo una unidad porque no sé cómo nombrar ese atisbo, ese fulgor que desde aquí percibo, esa certeza del pensamiento.

Hago lo que debo, pero lo que debo hacer aquí no es exactamente lo que desearía, con lo cual mi libertad se ve constreñida. La libertad de uno, el aullido, no es realizable en el convenio colectivo, no es tanto libertad como una mierda muy grande, y en esa conciencia plúmbea de los propios pecados mi ánimo se va viendo afectado con el correr de la noche.

Deambulo como un niño tirando de un tanque de juguete. Trato de engrasar la velada con alcohol, pero la quinta copa de vino me abate, siento la boca como un estropajo, ya no puedo fingir. Ni en broma voy a aceptar la cocaína de estas babosas obedientes en las que muere la cultura, es en ellos donde muere el pensamiento. Estos seres indiferenciados son nuestra desaparición. Un cartel en la pared junto a la entrada anuncia una sesión completa: Clase de yoga + taller de escritura creativa + merienda/cena. ¡Si es que lo quieren todo! Hay días en que creo que no puedo seguir con esto.

Como de costumbre, he vuelto a ser víctima de una confabulación que solo a mí me concierne, un perjudicado de mis propias trampas, cepos que he ido diseminando a lo largo y ancho de mi biografía, esta hostilidad mía que se avitualla en la derrota. Decido mi exclusión y percibo como un triunfo el ahora sí no formar parte.

Un artista es uno que no quiere nada. Esto lo pudo haber dicho un torero o puede que me lo haya inventado yo mismo. Si así fuera, será mi línea mejor.

Recuerdo a Miró hablando del recorrido hacia la espontaneidad, la primera etapa de la creación y el nacimiento de una obra como el único momento de categoría. Luego uno ya empieza a importarse, a tomarse en cuenta, a veces puede incluso gustarse y caer en la pamema. Calculo que en el transcurso de mi vida habré tenido apenas trescientas veintitrés ideas aisladas, que en esencia es probable que sean la misma. Ideas que operan sobre mi realidad inmediata como caballos que piafan. Todas intercambiables.

En el entreacto (¿qué entreacto, por Dios, qué escaramuza de la escritura es esto?), en los servicios, no sé en qué momento, nos hemos topado de frente y no ha habido escapatoria: Lardín se ha mostrado efusivo al verme, me ha compartido que está trabajando en su desaparición, ya que la entiende como la última posibilidad de decencia, y les ha hecho un buen traje a varios amigos a los que ha señalado, fíjate, como maledicentes.

Le comparto someramente una última noticia favorable que podría sucederme en los próximos días, un descubrimiento que he hecho (y que de ningún modo puedo revelar aquí), y se doblega con dificultad a un entusiasmo teatral que enseguida da paso a menciones propias. Esa tenue veta de envidia, pelusa infantil, le vence el carácter. Las alegrías ajenas le son pequeñas derrotas, pero no encuentro de qué manera reprochárselo sin pulverizarlo, no aguantaría un asalto, así que soy cordial y no expreso ninguno de los pensamientos que se me agolpan. No me parece mal tipo, Lardín, aunque al despedirnos me ha llamado por otro nombre. De su último libro ha vendido 315 ejemplares.

Se comprenden los celos y la mezquindad de los escritores, una profesión mendigante en la que seres envidiosos se odian y se maldicen unos a otros por la propiedad del lenguaje, porque todos tienen la misma y única novia, una lengua que cada uno cree suya. La palabra.

Para Barthes, la escritura es algo que se localiza entre la lengua y el estilo, siendo este algo que nace del cuerpo y el pasado del escritor, un empuje carnal, un enigma impuesto que se hunde en las profundidades míticas personales y secretas de cada autor. Un fenómeno en él encerrado que en su manifestación milagrosa puede arrastrar al hombre hasta el umbral del poder y de la magia.

Los problemas del escritor son de muy difícil comunicación al mundo, nadie parece entender ni remotamente de qué va esto y solo si uno cuenta con la amistad verdadera de otro escritor, de un escritor verdadero, es posible achicar algo de angustia. No es mi caso. Estas noches de postineo y grandes corrupciones me aniquilan, acaban conmigo, me esquilman el espíritu y me apenan las ideas.

Saliendo, en la calle de la escalinata, un globo dorado desinflado se confunde con una manta isotérmica. Siento el frío en el alma y me cago en Dios.

En cuanto a lo humano, Mona se muestra envilecida en el sexo y dilata mi etapa de adoración por ella: en el taxi de vuelta, algo bebida, me extiende la mano como una pedigüeña y se la lleva a la raja, que masajea con mi escupitajo mientras yo a su lado compro una entrada para el concierto en octubre de Napalm Death.

Trato de descifrar el cielo. Me encuentro plantado tras la balaustrada de la terraza en noción de timonel, sostenido de estos prismáticos con los que alcanzo a ver buena parte la ciudad. El juego de lentes menoscaba la profundidad de campo y deshoja el paisaje en láminas bidimensionales. Los edificios (esta ciudad irrazonable construida por ladrones) se presentan ribeteados de una imperceptible aureola índigo que me intriga un poco. Son perturbaciones ópticas seguramente relacionadas con las longitudes de onda, pero en mi imaginación es luz refleja atrapada en los contornos, expresión solar cautiva, una rebaba que me permite cierto compromiso con mi propia poética, escribir estas bobadas, la mirada ilusiva, el mundo como diorama. Y la fronda de cada árbol queriéndose un recortable.

Entorno y abro y cierro los ojos. Huele a hierba pisada y sobre mí flota en círculos un milano. Los edificios ofrecen sus ventanas como grutas en la roca y las recorro anhelando el brillo de un delito doméstico, el sonido de unas llaves, lo inoportuno. Inspecciono esos *tableaux vivants* y consigo avistar una de esas figuritas silenciosas de las Cícladas, pequeñas esculturas que en su inocencia deparan una melodía avanzante y esclarecedora. Adoro su color vainilla y su conciencia de línea clara sobre una mesa. Aunque algunas tienen los brazos cruzados, estoy convencido de que las esculpió el viento.

Llevo el día entero aquí esperando que dé comienzo un *thriller*, una novedad, un aerolito o cualquier mierda, preguntándome dónde te encuentras, si vivirás todavía en esta ciudad que ahora me figuro en su representación isométrica, en ese sosiego paradójico donde el paisaje está siendo su propio emplazamiento. Si no fuera por mí, podría esparcir mis cenizas desde estas alturas.

Me siento de una sola pieza en esta tesitura de los binoculares tan contraria a mi yo natural, que se piensa siempre atribulado recorriendo la habitación como Cary Grant. Servirse de unos prismáticos es lo mismo que asomarse a un microscopio o a un cuentahílos, un diferido extraño que otorga a la imagen esa trepidación que me lleva a no saber si voy a las cosas o si me las estoy trayendo. Al fondo, en el confín de las vistas, más allá de la urbe (la escala entera de la ciudad cabe en mis ojos), escudriño la sierra intentado adivinarle a la montaña algún paso (tengo la cabeza llena de caballos, de películas del Oeste), pero la montaña no viene a mí. A mi espalda cientos de libros, los que sobrevivieron a la mudanza, me murmuran lo que soy o lo que he venido siendo.

Dejé mi casa y ya no tengo casa, no puedo volver, desmantelé una biblioteca de años, una identidad fortuita que acabé por malvender, que repartí entre amigos y conocidos, toneladas de papel, un sinfín de revistas, tebeos que regalé, doné a instituciones y abandoné en las calles de la ciudad en bolsas bien ordenadas o en mostradores improvisados.

Los primeros estragos de la purga afectaron a los libros de artista, ediciones de capricho, mierdas gordas. Luego el tío aquel pidiéndome chuminos por el móvil, ¿cómo es posible? La prohibición de mostrar contenidos explícitos en las páginas de anuncios planteaba dificultades para vender mi colección de libros eróticos de gran formato, que, sin ser notable, era de consideración. Difundí un catálogo atenuado, con señuelos, metiéndole literatura, y atraje el interés de algún que otro coleccionista, pero sobre todo de varios pervertidos, personas como yo. Uno de ellos se mostró interesado en un lote de libros de fotografía siempre y cuando pudiera garantizarle que contenían fotografías «de calidad», apreciación que suscitó en mí una brevísima angustia estética antes de entenderla como lo que era, un eufemismo suyo para un tipo de obra que luego me precisó «mayormente enfocada a la parte femenina».

Sin pensarlo mucho, acuciado por desprenderme de toda aquella mercancía antes de darme tiempo a envainármela, me apresuré a fotografiar con el móvil algunas de las imágenes más golosas de cada volumen. Me encontré enviándole a un desconocido estampas de señoras en disposición, chochos enamoradizos y tetas torpedo.

Espigando los molletes más besucones y los traseros de más descaro. Echándole al guasap todas las perras de caza, muchachas abiertas como jureles, el fulgor de una novia, una serpiente y una manzana para que aquel señor se sintiera seducido por la verdad fidedigna del papel satinado y certificase un material fuerte y explícito que resultó muy de su preferencia al discriminar los tropos de otro, para él moralmente repudiable, que me definió como del género «erótico sensual».

Cuando puse en marcha este operativo de limpieza me desembaracé antes que nada de mis propios libros, los que yo había escrito, si bien lo hice de manera simulada. Una pantomima, por no verlos. De pronto se me aparecía la oportunidad de perderlos de vista, de descalzarme y arrojar cada zapato en una dirección, tirarlos al mar, de no llevarlos conmigo, dos zapatitos navegando desavenidos, así que metí aquellos libros en una caja y los condené al fondo de un trastero en el terrado de casa de mis padres. Ese primer gesto estableció el impulso y la determinación para decidir que en adelante iba a deshacerme de cualquier otro libro en cuanto lo leyera, que la tarea de preservación de la cultura no era asunto mío, que no me liasen, y que a partir de entonces todos aquellos que entrasen en casa se irían cuanto antes por donde habían venido. Venderé los libros mediocres que me obsequien, regalaré los mejores, que son pocos, a mis personas queridas, que son bastantes, qué voy a hacer, tengo esta suerte inmerecida, y aquellos que me parezcan deshonestos, oportunistas o escritos por autores necios y ruines amamantados en el comercio de las redes sociales, haciendo el ridículo en las redes sociales, porque todo el que está en las redes sociales está haciendo el ridículo en las redes sociales, no hace otra cosa, moderándose, capitulando, cooperando al *statu quo*, las redes sociales nos vuelven peores a todos, sacan lo peor de todos, las buenas maneras, nadie se libra; esos libros, digo, que es que me sacan de tino, los destruiré con deleite, los mearé y les pegaré fuego o haré eso mismo a la inversa, al revés, que me tenéis los huevos como campanas, primero una cosa y luego la otra, solo sé que no quedará ni el recuerdo de toda esa infamia.

Desde entonces, ya aposentado, sucede que de vez en cuando acudo a un libro y no comparece, no sé dónde para. Recorro la biblioteca buscándole los calveros y me encuentro en babia unos minutos, poniéndome en duda. De este instante fugitivo de embeleso saco en limpio que lo más importante de un libro es el lomo, porque es lo que vamos a ver suyo el resto de nuestras vidas, y que los fantasmas existen, que no son meras apariciones sino entes que nos habitan. El espacio de los fantasmas no es el vano de una puerta, sino el interior de uno, de eso va toda la literatura gótica, de la procesión por dentro. Los fantasmas no se dicen, son como un rumor, y la belleza del rumor es que enuncia algo que nos venía faltando.

El rumor es un supuesto que se genera en la laguna, un indicio y un secreto a voces que en su circulación va a intervenir la realidad que habitamos y nos va a convencer o no tal y como lo haría un fantasma, que es en sí la manifestación de una ausencia, una presencia pese a su falta, lo contrario de los celos, tan bien definidos en la falta del otro pese a su presencia.

No llego. Debo subirme a un escabel, vacación y jaculatoria de una escalera, para alcanzar el ejemplar de *Los incidentes* (me conmueven los autores esmerados, que escriben de puntillas para arribarse al fruto), y en la maniobra se me dibuja el alma de esta casa que construyeron Marta y Jorge y dialogo con ellos en todas sus decisiones. Los reconozco en la luz y en la unión de las sombras, en los olores, lo táctico, el orden, la voz que se alza, las distancias y las corrientes, percibo sus coqueterías y su inteligencia en mi propio trasiego y celebro que esta noche volveré a dormir aquí, en esta casa tan feliz que presupone, como debe, la vida, el hombre y la forma, las rutinas y costumbres que son la memoria del cuerpo, lo que me permite aporrear este teclado sin mirarlo o abrir sin pensar ese grifo que antes que yo a él me ha pensado él a mí, que prefigura el gesto, la sed y el recorrido del agua hasta dar el agua, hasta que la entrega. «Let Your Body Learn», se llamaba aquel temazo de Nitzer Ebb.

Como arquitecto que yo fuera, un supuesto mío hiperespacial que en ocasiones me sobreviene, creo que pensaría las casas para los gatos, las idearía para esos habitantes secundarios, para que se confabulen, se hagan la picha un lío y sueñen con cazar, un deseo vehemente que los agote y los ponga a dormir y así en ese ánimo lograr para los humanos moradas llenas de misterios, vivienda y santuario, la propia arquitectura como un activo gradual tal y como lo es el término, la palabra arquitectura, que si te fijas se alza, es una palabra que se edifica en sí misma.

Entre las páginas del libro, un viejo programa del cine Brady (nunca olvidaré el cadáver pestilente detrás de la pantalla, decapitado, sin identidad, el cuerpo sin nadie que durante las proyecciones me sugería la inexplicable población de moscas de aquel cine legendario) y la ajada fotografía de un coche rojo. Un Porsche antiguo de mirada glauca y vespertina, enemistado de ojos, que se diría un molusco frente a la faz felina, rasgada y mineral de la flota automovilística contemporánea. En el dorso trae manuscrita una nota: «¿Nadie va a hacer nada para remediarlo?».

Bueno, escucha, todas las cosas tienen remedio. Lo que se me ocurrió fue mirar durante cierto tiempo la misma película. Someterme a la ceremonia de ver la misma película cada vez que quisiera ver una película, como quien acude a misa de ocho subiendo la calle del puerto, para comprobar si lo que embriaga es el relato reiterado, ese que alumbra y guía una y otra vez la fabulación sucesiva de los niños, o si la cuestión es darse un baño de luz en la oscuridad, un tema de aseo ocasional. ¿No es la mecánica del arte idéntica a la del sexo, capaz solo de una saciedad discontinua? Y, siendo como es el arte una papilla que remienda el ser nocivo que somos, ¿no debería bastar una única fórmula? ¿No es al fin y al cabo lo que ha elegido el actor de teatro, trabajando cada noche el mismo personaje para en él padecer el mismo drama una y otra vez?

Dado que la experiencia cinematográfica promueve distintas respuestas del ánimo, que frente a películas que lo abrigan o lo deciden se ve enderezado, confundido o alterado según la coyuntura, mi inclinación fue darme a la desgana del terror y el erotismo de bajo presupuesto. De un presupuesto ínfimo, en realidad, el que manejó un cine europeo frecuente en los años setenta y primeros ochenta que en su urgencia industrial hizo confluir, como la religión, ambas intenciones: la inquietud de la carne y el temblor del espíritu. Las dos, eso sí, de manera insuficiente y precipitada en los modales. Lo hacía avalorando lo profano, lo pueril y lo insignificante, sofocando las cosas de enjundia e importancia. Fue un cine, en ese sentido, sublevado, y en refutación a su naturaleza oportunista, contrario al mundo. Su menaje, chabacano, era el justo e indispensable para alcanzar a los espectadores poco formados a los que se encaminaba (y a los que no necesariamente satisfaría) y en su precariedad solía dar lugar a historias desmayadas y moralmente perplejas incapaces de dictar al espectador qué sentir, calamidades y ensoñaciones teratológicas que según he ido comprobando a lo largo de los años verifican en mí una laguna del espíritu en la que chapoteo muy a gusto.

El erotismo de más baja estofa es colindante con la realidad misma, con el porno incluso, que es un cine del que es muy fácil embeberse y que refunde en sí dos mundos: la fantasía y lo crucial. En él las cosas que pasan pasan como aquí, llevadas del lenguaje, ocurren en la forma, en la gramática del sexo y no necesariamente en el argumento ni en la trama ni en las polifonías, y antes se significarán en el error y en la coyuntura.

El arte cinematográfico se hace diáfano en su imperfección. En las consecuencias de los errores se revela con mayor claridad su grandeza que en las obras maestras, que en su natural elegante nos ocultan los mimbres, que los invisibilizan en favor de embriagarnos. Así, esas películas pochas provocan en nosotros emociones sólidas e inopinadas, se hacen hipnóticas en sus planos de recurso, en sus despeñaderos, y así las acabo llamando poesía porque llamo poesía a unas cuantas cosas, a todo lo que empieza donde termina la palabra, donde la palabra pierde su nombre, aunque en este caso no son más que abstracciones famélicas, frutos de la escasez, son películas de tomas largas y por tanto de querencia onírica, porque cuantos menos planos tiene una película más se arrima a los sueños, ya que esa severidad formal, que pasa por ser falta de información, apellida la extrañeza monacal que constituye al soñante.

Pero, ah, descarté pronto esa región cinematográfica por estar muy informado de su contexto y de las vicisitudes de producción de aquellas películas, de los conciliábulos y accidentes sociopolíticos, financieros y del destino que las propiciaron, y porque su materia prima, escabrosa y abundante en perfidia, sandez y mujeres bajando escaleras, me distrae la atención hacia consideraciones estéticas y antropológicas en las que ya me conozco. Poesía, lo llamo también. Una que se cifra en la capa de inmundicia que mantiene alejados a los necios y a los ignorantes.

Eso sí lo creo: que la vulgaridad y lo ordinario, la elocuencia erótica y la expresión visceral operan como una lámina de protección, un recubrimiento lúbrico y saltón que protege del mundo las grandes obras (las verdaderas grandes obras, que nada tienen que ver con «las grandes obras»), aislándolas y haciéndolas secretas, a salvo de los mandarines numerarios de cada tiempo y de la moral nauseabunda del colectivo. Creo de verdad que el aposento secreto de la luz es la tiniebla, que solo en ella puede ser repentina y milagrosa y dar a ver lo nunca visto.

Hice varias batidas por mi colección de deuvedés tratando de averiguarle una película de narrativa laxa, una obra con sentido de lo insólito, que no se sostuviera en lo que contase sino cuyas imágenes me despabilaran emociones imprecisas. Que se aplicase en el instante más que en el transcurso, me trajera ideas nuevas y pareciera contener mucha más cera de la que arde. Al fin y al cabo, el cine también está hecho de esas pequeñas chucherías, de detalle y rumor, de anécdota e ítem y de un vaso de leche lleno de sospecha. Quedaron excluidos faros indispensables (Lynch, Éric Rohmer, René Clair), así como autores más próximos a mi temperamento entre la misantropía y la jovialidad, como Buñuel o Ferreri, más broncos, entre otros pocos que, lejos de la medianía de su tiempo, se supieron incapaces de aportar ninguna respuesta, habilitándose en su propio enigma para acercarse un poco a la verdad. La afinidad que he sentido con su risa (porque su risa es su obra y su preocupación) los hacía inconvenientes en esta ocasión, ya que me iban a despreocupar el punto de vista y no harían más que arrellanarme, una vez más, en mi propio sujeto. Sus películas, de sensibilidad voluptuosa y anarquista, ya hicieron en mí lo que fuera que hicieran.

Me paré a pensar muy seriamente por qué cualquier película que transcurra en un hotel en temporada baja me es irresistible. Entendí que es que en esos lugares puros, recobrados de nosotros, se hace posible cualquier cosa porque no existe el obstáculo que somos. Volví a ver aquella otra, sentimental, llamada *Los aventureros*, que alguna vez me partió el alma de emoción y me la devolvió pujante. Y recuerdo haberme detenido en una vieja y estrafalaria cinta asiática en la que un hombre terminaba transformándose en mariposa. Porque si algún cometido tengo en este mundo es comprender las mariposas, que cada vez que aparecen, parecen ser otra vez. La elección no era sencilla entre el sinnúmero de títulos esotéricos que conforman mi archivo, películas fantásticas y llevadas de la vesania que en sus dolencias operan como heraldos o como portales, y al ser preciso dejar fuera aquellas que pudieran abordar preocupaciones de su tiempo debía centrarme en películas que evolucionasen en su propia realidad, un poco exentas, así que cuando me encontré del todo abrumado por mi propia cinefagia me decidí, lejos de ser original, por una película francesa y clara, conocida por todos, si bien tan prestigiosa como en cierto modo marginal, lo que se dice de culto y no exactamente redonda, cuyas cualidades huidizas me habían conmovido la primera vez que la vi como si se me trajera en el cuenco de las manos un sueño propio sepultado tiempo atrás.

Escogí, porque lo ponían en ese cuchitril encantador de interiores rojos y apliques dorados (un cine debe ser siempre rojo, adentro y entraña) en el barrio latino, un largometraje con leyenda. Un emblema del cine poético que su director rodó en el invierno de 1933 y terminó postrado de tuberculosis, y que después se perdió en la guerra. Una película que durante un tiempo no fue, dejó de existir, hasta que mucho después, a finales de siglo, las olas devolvieron a la orilla una copia de trabajo y en base a ella pudo reconstruirse. Ese lapso de ausencia la habría cargado de una cierta añoranza que hoy es palpable en sus imágenes, las cuales, comportando una falta, una deslocalización y una incandescencia, cuajan una poética elemental del mundo. Hablo, como ya alguien habrá adivinado, de *L'Atalante*.

L'Atalante sucede en un barco que nunca se hace a la mar. Transcurre en los canales y se formula como comedia dulce y fluvial, un poco triste, y en cuanto empieza comprendo por qué he escogido esta película.

Si las comedias románticas suelen terminar en boda, esta comienza con los novios saliendo de la iglesia y se encamina a la posterioridad del matrimonio, elige cifrarse como luna de miel. Una luna de miel es un lugar donde todos nos quedaríamos a vivir pero que resulta ser una estancia fugitiva, improrrogable más allá de su definición. «Etapa inicial de buenas relaciones», dice María Moliner. Un lapso que no se puede habitar porque en algún momento se dará el caso de que a uno de los conyugados le empiece a mortificar el tenesmo, el pujo, la idea de emanciparse. El querer irse de allí como alma que lleva el diablo. Ya algunos cronistas advirtieron que el cortejo nupcial que abre esta película parecía un cortejo fúnebre.

En las tripas de *L'Atalante*, que así se llama el barco, hay una máquina de coser, arañas (en los barcos siempre hay arañas y pelos), gasóleo marino y un puñado de gatos recién paridos que recorren la película a su capricho, gatos que rompen las líneas de la película, sus ideas geométricas, la horizontalidad del itinerario, gatos entremaliados que desobedecen y rondan a un prenda de caricatura ipso facta, el tío Jules, segundo de a bordo, un marino excéntrico interpretado por Michel Simon, fabuloso actor de perfil acantilado y presencia paquiderma (como si Antonio Garisa se hubiera comido a Charles Laughton), que colecciona curiosidades y recuerdos.

Cuando Michel Simon se rasca, toda la platea se rasca, dijo de este actor un crítico de su época.

Feo, bronco y blandón, suerte de buey de hechuras desmesuradamente humanas, Michel Simon había nacido en Suiza hijo de un charcutero aficionado a la numismática y era coleccionista también en la vida real, erotómano eminente y propietario de una colección de las que se conocen como *curiosas*, que es un eufemismo muy hermoso para llamar a lo carnal, más de trece mil piezas de entre las que destacaba una polla vieja pero vieja de verdad, un falo fenicio de cristal de 3000 años de antigüedad. Auténtico hombre libre, de entre los muchos rumores que corrían sobre sus gustos heterodoxos, el único que su amigo Jean Renoir desmintió fue aquel de índole veterinaria que le atribuía un romance con un mono pequeño.

Bibelots, objetos, especímenes anatómicos, cajas de música, armas blancas, marionetas de Caracas y abanicos de Japón. El tío Jules, que, como lo son siempre los personajes secundarios, no es más que una faceta del protagonista, su fortaleza elemental, la vida encendida y el hombre natural, guarda incluso en su camarote, conservadas en formol, las manos las dos de un amigo muerto suyo. Eso es el menaje de superficie, en su fondo psíquico la película contiene más cosas.

La historia, desde ese empiece, será ir tejiendo la relación de Jean y Juliette y reparando los desperfectos a medida que se vayan manifestando. Subir a cubierta, echar el ancla, bajar al puente, arreglar un tocadiscos (un fonógrafo), remendar unos rotos y tal vez llegar a alguna parte. Idear un destino, aunque pronto se va a ver que cada personaje tiene asignado su propio itinerario.

Salvo en las de los años cuarenta, muy pícaras y comprometedoras, en las comedias románticas se suelen hablar pamplinas, chorradas. Esto parece facultad exclusiva de las comedias románticas pero es naturalismo, todas las parejas mantienen diálogos de besugos, eso es la pareja, desdoblarse, darse, no ser. A veces creemos que nuestros padres se comunican como lo hacen porque llevan cincuenta años juntos y se han dado a ritmos extraños de entendimiento, pero basta observarlas un instante para concluir que todas las parejas hablan lo mismo. Hablan cosas importantes, muy serios, se comunican sensatos y procedentes en relación a conveniencias, pero escúchalos dos minutos y verás que únicamente hablan nonadas, mierdas, fíjate, tiernos y adyacentes, confabulados, míralos, la ilusión de confianza y los arreglos y las avenencias. Yo que lo coloco y ella que lo quita. La verdad entre ellos solo brotará en la tormenta. Llevarse mal, se dice, se habla así del no avenirse.

Es que ya no puedo más, le digo a esta. Es insufrible ser uno mismo una y otra vez, ser el mismo un día tras otro, plural, múltiple y prescindible en todas las facetas.

Quiero ir rompiendo uno a uno, que parezcan accidentes, esos vasos que le gustan y que no soporto, y me hago en ello la cuenta de que la longevidad de esa vajilla dictará la nuestra.

En un poemario suyo, curioseando en los cajones de esa librería de camino al Doré con un juego dactilográfico que tengo ya muy por la mano (perdón), he dado con esta línea de Anne Carson: «No te sirvo de mucho sin ti yo verdad».

La soledad más desmesurada la he sentido siempre en pareja. La vida en pareja empieza como un revés y deriva en una onda expansiva ilimitada que te deja solo en el cráter de tu circunstancia, en la nada que eres. La pareja es un interlocutor entre todo este ruido, excusarse en un ser del resto, pero en el refugio de la pareja se sentirá uno deshabitado y jamás comprendido, porque el otro no sabe quién eres, cómo va a saberlo, no puede entenderte, lo que habéis armado es una improbabilidad, un reflejo, una adversativa y el principio de un monstruo que es la familia.

Lo peor de la vida en pareja es uno. Porque la vida en pareja no es aguantar a otro sino a uno mismo, esa es la función de la dualidad. Se asocia uno con un semejante para atenuarse en el otro, para no oírse en el ruido compartido, no poder ser del todo y así resultarse más tolerables. Delegamos el yo, si no en el tú, sí al menos en una circunstancia que nos permita bascular entre ser nosotros, el sociópata que somos, el hombre ridículo que es esto, miradme, y la pareja que componemos, donde se nos solicita cierta sensatez y el respeto a unos pactos sociales pero a la vez se mitiga el dolor de uno mismo, de uno a solas consigo, las angustias en que nos definimos. El yo se amortigua en la pareja, que da lugar a un engendro de dos cabezas y nos autoriza a vivir despojados de la individualidad, que amordazada todavía arrecia desde lo más profundo tratando de pronunciarse, pero que no puede hacerlo más que en movimientos clandestinos, de desidia o de cólera criminal.

Vivir en pareja sirve para no tener que soportarse, porque en pareja no se es completamente, y si hay una certeza en esta vida es que se vive mejor sin uno. Cuando el misterio del par se disipe ya solo podremos ser en otro par, añoraremos aquellas zonas donde todavía somos, ¡éramos!, al menos la posibilidad de otra alianza. Un lugar donde dar con nosotros, porque allí donde nos encontremos nunca vamos a hallarnos, y será fuera de allí y será en otras personas. Ocurre entonces la infidelidad.

En cualquier caso, a las parejas yo les recomendaría que no traten de dialogar nunca en torno a un desacuerdo. Que no riñan, *per favore*, les diría desde la autoridad del que ha fracasado siempre con estrépito una y otra vez, y que no pretendan estar razonando mientras se increpan, que atajen cuanto antes esa escaramuza, se limiten a mandarse un poco a la porra, den media vuelta y entreguen al tiempo la discordia. Que ofrezcan la cara al viento para que les agite los cabellos, beban agua corriente y miren la vida pasar. Quererse civilizado en esos momentos es pretender formarse en la angustia y la desesperación. No cabe establecer logísticas ni sistemas ni sentar las bases de discusiones futuribles. No hay nada que entender. Basta con hacerse a la idea: una pareja es por definición un conflicto. ¿Qué digo uno? ¡Dos!

Bastará, para permanecer sereno, recordar el supuesto de que el otro es alguien generoso y valiente y que por eso entre otras cosas estamos a su vera, recomponernos en esa garantía, entender esto como una comedia de enredo, dejar pasar las horas y en cuestión de un par de jornadas, acaso una noche reparadora de por medio, volver a familiarizarse, encontrarse de nuevo en la calma y la dulzura, concurrir en el pasillo mismo de casa, olfatearse como gatos en sospecha, como dos niños amenazados por un ruiseñor, eso es, y ensayar una mueca tierna y remisa de entendimiento, el morro fruncido en un mohín, tal y como se diría en una novela traducida de cualquier lengua, de cualquier otro lugar, en todas esas novelas se dice el mohín, no queda otra. Pese a mi escepticismo, estoy por esa labor de amplitud. Y que no se te ocurra volver a colgarme el teléfono en tu puta vida.

Bien. Hacia la mitad de la película, Jean encuentra unas extrañas bolas apestosas en los bolsillos de su traje de novio: ¡naftalina! Ah, porque todo lo que sucede en

L'Atalante está ocurriendo a otra escala, son los secretos de la película, que se empieza aquí a llenar de desánimos y se interna en territorio desconocido, cuando deslumbrada por los juegos de manos de un embaucador, Juliette, joven de pueblo, se fuga a las sensaciones de la ciudad dejando al marinero de agua dulce desconsolado, triste y pelón.

Llevo la peli puesta, la medito y soy en ella, le imagino los colores, el casco del barco rojo barco en diálogo con el rojo tapiz del cine aquel diminuto. Las películas en blanco y negro no pierden lustre como las de color, no envejecen, ya son, no acusan su tiempo.

Vi *L'Atalante* trece veces y acabé un poco hasta el coño. ¿Cómo puede transmitir tal decencia una película, algo que en principio es un producto industrial? ¿Cuáles son sus revelaciones? ¿Qué relación guarda con mi vida? ¿En qué aspectos modificará mi conducta?

No me interesan tanto las historias como la expresión de que se sirven, y tengo comprobado que la expresión más sencilla es la que da lugar a relatos de mayor complejidad, de mayor encuentro y temblor. El cine, como sucesión de imágenes relacionadas, fracasa a menudo cuando quiere filmar acciones, hechos, cosas que ocurren. Porque el cine mismo es lo que ocurre. El cine debe ser entero, expresión completa. Llorar en el cine es una deferencia de la fantasía, que de vez en cuando nos permite penar en ella, llorar en la oscuridad obsequiosa del cine pareciendo que llora uno por la película, aunque uno llora siempre por otra cosa, por algo que sabe solo él y que no le piensa decir a nadie.

El sentir de los personajes es importante, pero la propuesta romántica de Jean Vigo, hijo de un anarquista de origen catalán y miembro de la Asociación de Escritores y Artistas Revolucionarios cuya película previa, *Cero en conducta*, ya había sido prohibida por antipatriótica, es mucho más embriagadora y amplia. En *L'Atalante* no hay que creer como se cree en los relatos cinematográficos, en ella se ingresa, se está, se juega y se ronda.

Tú sabes que el cine francés nos enseñó a discurrir e incluso a discurrir de más. Nos apeó de la mecánica acrobática y nos instruyó en la posibilidad de un cine palabroso y mental, del paseo en lugar de la escalada y de la conversación frente al diálogo, algo a lo que ya nos había orientado Woody Allen cuando éramos jóvenes. El cine francés nos descansó del cine deportivo que es el cine en general y nos orientó a un cine intelectual, de preocupaciones vanas, filosóficas y relacionadas con el deseo, porque a la hora de la verdad casi todo el cine francés trata de lo que trata, claro, de qué va a tratar. Ya en *La noche americana* Truffaut nos recordaba que el cine es la profesión en que más se besa, y era Truffaut también quien hablaba de realismo carnal cuando destacaba los logros de *L'Atalante.*

L'Atalante es cine sonoro pero se trae la sordera del cine mudo, donde dos no discuten si uno no quiere, esto ya lo hemos hablado (lo hemos hablado todo). Porque hay un cine mudo y un cine callado, y en ese sentido esta es una película vibrada en la extraña dulzura del primer cine, en esa falsa inocencia del cine primitivo, aquel que todavía guarda la esencia de un medio para analfabetos, un efluvio sagrado previo al lenguaje y a la razón.

Lo que no es visible es lo que me interesa de una película, su enigma. De vez en cuando una de ellas te toca el corazón y no sabes por qué ha sido, cómo se ha dado o en qué se cifra esa impresión. Esto puede explicarse y tiene que ver con la respiración, con la métrica del montaje, que es una versificación interna que otorgan las máquinas, un latido y una cuestión musical.

Porque el significado de las palabras es falso, solo su sonido importa. Las palabras están hechas para mentir, pero su disposición, lo que hacen en el aire, que es lo que se llama el ritmo, el más antiguo motor de este planeta, eso sí cuenta, eso tiene una repercusión más honda que cualquier sentido explícito. Escribir, como toda composición, ha de ser canto, cadencia, dicha de vagar y la libertad relativa de verse arrastrado como el perrete de Goya por este río de mierda caliente. Y la busca o el encuentro, en ese dejarse ir, de algunas ganancias poéticas.

En el cine ocurre en ocasiones contadas, excepcionales, que el espectador parpadea el número exacto de veces que cortes de montaje tiene la película. Ocurre que se sincroniza el tiempo de la película con el tiempo de nuestras vidas. Se da una concordancia y acaece una verdad simultánea. Parpadeas y cambia el plano. Parpadeas y el protagonista está en una calesa. Esa sincronía nos trae la película al ánimo como una sandía rueda hasta el desierto, y salimos del cine enamorados como se enamora uno, sin saber bien por qué ha sido, cómo ha podido ocurrir ni qué va a ser de nosotros de ahora en adelante. En el cine hay que estar con los ojos bien abiertos.

L'Atalante, finalmente, es un barco sin aparejos que navega hacia la *nouvelle vague*, y en la improvisación de muchas de sus acciones da con lo que será el secreto de todas aquellas películas que están por venir y que cuando lleguen serán vanguardia: el misterio de la primera vez.

Las nuevas olas solo son tales porque vienen dadas. Porque conocen las anteriores. La ruptura desmiente la pareja y debe uno recobrarse, volver a ser. Nos separamos admirablemente, de raíz, y cada uno se hace cargo de la aparatosidad psíquica que conlleva la ruptura. El desconsuelo, el zafarse de la costumbre, el andar a tientas. En esta película la chica se arrepiente y esto se verá cuando remonta afligida la barcaza de proa a popa, en regreso, caminando la cubierta de noche.

Desmaterializada, cada película que veo se convierte en un anexo a la vida, altera mi clima moral. De *L'Atalante* es famosa, y con justicia un siglo después, una escena erótica telepática que da muy bien la sintaxis de las relaciones. Un pasaje de sexo que se consuma a distancia, la pareja recobrándose en la yema de esta película que se antoja volátil y translúcida en su malla de sueños (los sueños de cada personaje), y en el trabajo con la luz de Boris Kaufman, que entrevera sus imágenes en el paisaje de mi mente. La pareja, lugar de contraprestaciones, es aquí un intermediario, el hecho de la pareja, quiero decir. Los individuos, circunscritos a la pareja, a su interior, protagonizan una escena que es, más que dormir juntos, un no poder dormir juntos. Una escena de insomnio simultáneo que reside en la imposibilidad. Los protagonistas se acuestan juntos, pero duerme cada uno por su lado.

Perdido el misterio del beso, está perdido todo. Un beso es un percance, un suceso de cierto interés que tiene lugar en el tiempo, en el espacio y en el emplazamiento mismo donde el beso tiene lugar, que es en el ánimo de uno y un poco en el otro, en la persona del otro, en las ganas que tenga o en si te pones muy cerca o en el bar aquel del carrer d'en Gignàs que a lo mejor ya no existe.

El beso que te dan no te lo quita nadie y en eso es parecido a una herida y a una palabra, mientras que el que tú das puede que te lo devuelvan, tú verás, es un riesgo que cada uno sabrá si está dispuesto a correr. Un beso puede hacer mucho daño y mucho bien. El desenlace del primero de ellos indicará la senda hacia el día en que los amantes dejarán de besarse o convertirán el beso en el tic de su unión, en un mero signo de puntuación y de coexistencia. Sin besos se puede estar unos noventa días aproximados; después de ese tiempo, eso sí, el blanco del ojo irá girando al nácar, el corazón peludo y la vida desinteresándose del cuerpo, el cuerpo enfadoso al que la indolencia de no amar se le hace insoportable.

Yo por ahora me hago el bendito y en mi fantasía hago lo último que se puede hacer en un barco, silbar, que es como el raudal de un beso, una escorrentía del amor. Es sabido que a bordo de un barco no se puede silbar porque se corre el riesgo de hechizar la meteorología y concitar vientos y tempestades en el cielo progenitor, pero silbo porque tengo ese ánimo, el ánimo de silbar. El ánimo de silbar no puede combatirse porque es en sí mismo acometida, un ir yendo, así que silbo y me desmelancolizo y con el viento en popa recuerdo aquel día de agosto en que nos pilló una tormenta deambulando Montparnasse y nos metimos en un modesto panteón, si es que un panteón puede ser modesto, y allí dentro, en la sombra aquella de varios siglos, voraces, al frescor vetusto de la familia Griveau, nos masturbamos un rato, muy jóvenes (no tan jóvenes), tú endiablada ofreciéndome el bollo cremoso de tu sexo, el coño apetecido tuyo o mío, nunca sé, resucitando a ojos vista, y la culpa siendo de la tierra tal y como escribía el poeta, ¡el que fuera!

No te lo dije entonces, pero recuerdo haberme sentido algo ridículo por pensar, de manera inoportuna, que en el entierro de Baudelaire, a veinte metros de nosotros, también se había puesto a llover, tiempo atrás, otra lluvia. Así al menos lo refieren las crónicas.

En que escribo todo esto caigo en la cuenta de que esa imagen típica de la simiente esparcida sobre la tierra puede ser recurrente en mí, o al menos ya se había manifestado antes de manera literal en mis papeles.

Una noche, fumando, cuando fumábamos, en la puerta del Tupperware, el garito de Malasaña al que habíamos ido algunas noches (Borja vivía a tiro de piedra y yo dormía siempre en casa de Borja, en una habitación minúscula hacinada de tebeos), un desconocido algo más joven que yo entonces (creo que somos leídos siempre por gente un poco más joven, los de nuestra generación acaso nos lean en silencio o por encima del hombro) me compartió su experiencia como lector de un libro mío accidental, del que recordaba entre otras cosas una escena en que decía —yo— haber eyaculado, no recuerdo si de manera penosa o desenvuelta, pero de algún modo tentando a la suerte, en una pequeña maceta de tréboles.

Ahora intento dar con aquella escena, me busco (me busco en un libro mío, no es fácil, no siempre sé dónde estoy, por suerte apenas he escrito, no he podido hacerlo) y me leo avergonzado y de pie, ni se me ocurriría sentarme, a través de los ojos de aquel desconocido del Tupper hasta que de pronto mi antiguo yo se me sube al estribo y me canta una sabiduría de la que ya no dispongo.

Mi voz de hace unos años ya no es la mía. Hay una diferencia de grado entre lo que fuimos y esto, pero parece que hubiera sido indispensable atravesar ese lapso considerable de tiempo para que aquella espontaneidad arroje luz ajena sobre mi signo litoral, ciruelo y vano. Es necesario que pasen algunos años para que se nos revele el sentido de algunos de nuestros actos. Lo que los demás nos atribuyen, en cualquier caso, se convierte en nosotros.

Pasados los años, aquel otro día en Montparnasse decidimos escondernos en una tumba. ¡Allí estaremos a salvo!, debimos pensar. Desde entonces, cada vez que paseo este cementerio sintiendo las carnes sentimentales recuerdo el episodio y tiendo a presentar mis respetos. A las sepulturas que me gusta visitar he sumado esa, bien follamentada, donde moran los restos de personas de antaño que desconozco, uno que fuera señor antiguo y su viuda Marie Thérèse Sophie des Acres de l'Aigle. Tanto nombre y tanta partícula yo creo que es muy de pobres, con perdón, cosa de ricos, de un poco don nadies, y que toda esa pompa ya en el patronímico solo puede estar respondiendo a una desprotección, a un miedo a verse desprovisto, a perder el rastro de la sangre, pero todo esto, insisto, desde el respeto, solo estoy divagando. El caso es que una noche, arrastrado por manosear la felicidad de aquella tarde anterior, estuve tratando de confeccionar el árbol genealógico de los Griveau, que desde el año 1600 registra diversas ocupaciones en su linaje, oficios, credenciales y profesiones, a saber: un consejero del rey, un cirujano, un caballista, un inspector de seguros, un teniente, varios magistrados, ingenieros y procuradores, dos secretarios generales y una florista. Caminamos sobre los huesos de los muertos hacia el palacio de la sabiduría, eso es. Así fue siempre.

AHORA ME HA PASADO ESTO, se ha dado sin más este cataclismo, una decisión de quién, la máquina ha cesado y me ha dejado con los deditos nadantes, las manos vacías, inadvertidas las dos y ambas estériles en su rítmica, la virgen, las gafas en la punta de la nariz, ridículas, los dedos mudos, todo a la mierda, incluso algunas ideas, esto y aquello, para qué queremos más.

Muerte súbita, diagnostican los tres técnicos que consulto. Recorro las calles laboriosas con el disco duro en brazos, ofuscado, la ciudad está hoy muy poco hospitalaria. ¿Dónde emplear ahora mis razonamientos?, interpelo al último de los informáticos. ¿En qué ocupar ahora mis facultades?

De manera fulminante, todos los datos almacenados desde hace años en este artefacto han pasado a desaparecer. Miles de fotos, un sinfín de artículos innecesarios, textos cortos y extensos, mi parecer, una vida entera, este libro mismo. Aunque es algo más que un contratiempo, sería una falta de humildad llamarlo desgracia. Una putada, eso sí, lo he perdido todo, pero no cantéis victoria, porque dos días después, pasado mañana, voy a encontrar una copia de seguridad en un ordenador portátil, una versión incompleta, tres cuartas parte de este libro que me permitirán sentarme a ponderar de nuevo la magnitud de la tragedia.

Desprendido de todo, los días venideros pisaré sobre mojado. Desandaré lugares caminados en las últimas semanas escudriñando los rincones en que me detuve. Recorro las calles tratando de evocar hasta el más mínimo suceso, persigo como un perro el signo de mi mirada, esta manera de ser, mi ordenación, trato de encomendarme al cuerpo y a la meteorología. Releo los libros que ya he leído, me desespero releyendo los releídos y vuelvo a la primera página de aquellos que empecé, busco algo indiscutible, dónde está el hombre, en qué montaña baila el sol, qué pude haber escrito en estas páginas.

Paso las semanas siguientes escribiendo en un cuaderno pautado que me regaló María y que resultará comodísimo a mis intrigaciones. Escribo a mano desde el recelo de la pérdida, lo hago al revés porque soy zurdo, como Rocky Balboa, y empapuzo este papel japonés con una pluma bisutera y desechable Pilot Vpen a la que hay que ir ahormando, acostumbrándola a uno y a las propias tribulaciones, a esta palabrería, una baratija muy cara, tres euros con sesenta en el Raima de la calle Condal, donde he comprado cuatro, cuatro plumas nada menos llevado por el apetito cochinero de las papelerías, estas ganas de ensuciar.

Una pluma es un instrumento de viento, esto nadie puede negarlo. Se escribe siempre a vista de pájaro, a cierta altura, y a la pluma de ganso o de cualquier otra ave de tamaño adecuado que se utilizaba para ello se la llamaba antes «pena», por algo sería.

Ya no volveré a recobrar el brío, debo aprontar el final, en fin. No hay de qué preocuparse, basta con tener en cuenta que todo lo anterior es falso, que este libro estaba escrito y se perdió y tuve que reemplazarlo por esta filfa, y cuando la página se llena de letras y términos y suspiros ya no sirve para nada, ya está cumplida otra vez.

Me he sentado en la terraza del Mónica, con mis papeles, a pasar el trago. Me alegra, finalmente, haber perdido todo aquello, este libro, que estas páginas no existan, creo que está mejor así, desmadejado y fúnebre. En el disgusto he estado pensado mucho (no tanto) en esta necesidad de libros, de cine, de música y de chismes que parecen conformarnos, intervenciones en la propia vida que creemos útiles para vadear las neurosis y el vacío. Pensamos que sin ello no somos, creemos todo eso bálsamo, pero en su mayor parte es ruido. Todos esos libros, esas películas, son en sí mismas el diagnóstico, si no la enfermedad.

Recuerdo *Jachère-party*, aquella novela de crisis que Roland Topor escribió poco antes de morir, una especie de diario de cuatro días donde mostraba su hartazgo de generar «productos culturales» y se disponía a ponerse en barbecho para dedicar el resto de su vida a ser el jardinero de su propio paisaje, mostrando una resistencia admirable en no verse devorado por el rebaño. «Todo lo que tengo para ganarme la vida son productos derivados de mi miedo», escribía. Y determinaba que a fuerza de cultivarse se había perdido de vista. En un pasaje de aquel libro, creo recordar, el narrador era atacado literalmente por bandadas de volúmenes que saltaban aleteando de las estanterías. Jean Rollin tiene una escena idéntica en *Le Frisson des Vampires*. Antes, en una greguería, Ramón había advertido el libro como pájaro de cien alas, y es cierto que los pájaros tienen sus lenguas, cada uno la suya, no se entienden entre ellos. Para Javier Pérez Andújar, los libros son las almas de los hombres, cada libro es un alma blanca, dice. Apenas por una letra no es el fulgor de un cuchillo.

El arrebol del sol poniente me infunde sus fuegos y me instala en un ánimo amortiguado, y en esa combustión del día me asomo a la semana entrante, a las relaciones superficiales y la proliferación de compromisos en los que me pierdo de vista, donde me alieno. La vanidad de lo social por la que a veces me dejo arrastrar. Se me hace inaceptable vivir todo el tiempo en presente, en los aspectos compartidos de la vida diaria.

Mucho antes del día de hoy y de este estado indiferente de las cosas, en febrero de 1990, el British Film Institute encontraba una copia de nitrato de *L'Atalante*, la versión más aproximada a lo que había sido la película en sus primeras proyecciones para distribuidores y exhibidores, allá por abril de 1934. Aquella copia no contenía el plano aéreo final, una toma posterior que Jean Vigo, llevado del mundo por una septicemia un tiempo después de terminar el rodaje, no llegó a ver nunca.

Cien años más tarde, con el último trago de cerveza he arrastrado una mosca que aleteaba en la copa y me ha asaltado el pensamiento espantoso de que pueda encontrar la manera de llegar viva a mi estómago o peor aún, que se me aloje en el recinto impenetrable de los pulmones. Enseguida la he sentido pugnar como una náusea entrando en razón, caminándome la cuesta de la laringe en busca no sé si de la luz o del bullicio exterior, de la familia asquerosamente ideal que bromea en la mesa de al lado, andando arriba la garganta hasta que ha alcanzado el llano de la lengua y allí el insecto se ha peinado con las dos manos y recobrado el aspecto ha echado a volar a sus cosas, estúpidamente como vuelan las moscas, dejándome a mí con la palabra tras la oreja.

Filósofos taurinos han tratado de explicarlo así: la bestia es el mal que debe ser destruido por la belleza y blablablá. La lidia es, por tanto, un acto transgresor, inútil, una pasión sin otro fin que la aniquilación. Se aspira a un nuevo orden, a otra cosa. A algo mejor.

El toro se ha entendido también como hipervirilidad desbocada y violenta. Pasión masculina destructora que debe ser sometida por los amaneramientos del torero a la responsabilidad y a la belleza del orden. Se trata de imponer la cultura a la naturaleza.

Transcribo estas notas de un viejo cuaderno donde me enredo en esos y otros lugares comunes, como que el toro ha de infundir miedo, que su mera presencia debe achicarnos, pero qué demonios, un hombre de ciudad no puede saber qué es un toro, en qué consiste un toro y cuáles son los intereses de un toro. Los toros no se pueden decir y por eso se hablan tanto, porque se gira alrededor de una cuestión metafísica. Son difíciles, los toros. No solo de trato sino de explicación.

En torno a la tauromaquia se dan dos sensibilidades incompatibles: la sensibilidad del taurino y la sensibilidad que rechaza la lidia, también por sensibilidad. La sensibilidad es un problema en todo caso, eso al menos lo tenemos claro. El primer problema es la sangre. La sangre es verdad, una verdad clara y espesa, y la verdad es siempre un fastidio. El otro problema es la muerte. Infligir la muerte a otro ser no encaja en un ideal biofílico, donde la vida es sagrada y la muerte solo merece respeto si viene a cuento o a colación. Si corresponde y no hay más remedio. Al cosmos todo esto no le importa, pero las personas necesitamos preocupaciones, y en este estado de cosas se hace difícil no ya compartir, sino aclarar la tauromaquia. Explicar que el toro y el torero son colaboradores, que han de ser el uno para el otro y que en la lidia no hay espacio para esa idea de tortura que se maneja desde fuera. Que no existe. Que no tiene nada que ver con eso.

La lidia de toros es indefendible. En primer lugar porque es una actividad que no encuentra justificación, prescindible como la poesía, de quien es hermana, que en su tradición y en su exigencia ha ido modificando hasta casi crearla por completo una raza de animales psíquicamente extraños en cuya conducta prima esa cualidad lúdica y existencial que es la lucha. La tauromaquia puede resultar intratable en su componente de crueldad y de muerte, pero es que es un combate, y en tanto que combate, en sus reglamentos y en su disciplina castrense se piensa el fin de todas las guerras, la abolición de nuestros padecimientos. El antitaurino, supuesto antagonista, no lo es nunca por malicia, sino por descuido o por ignorancia. Su cuestionamiento, en todo caso, existe desde que existe la tauromaquia (si bien en tiempos pretéritos se preocupaba por la vida del hombre y ahora lo hace por la del animal), viene de siglos y puede considerarse parte constituyente del discurso de la tauromaquia, que se enriquece en la coexistencia de su naturaleza ceremonial con esa objeción. Se hace contumaz y crece y en esa falta de aprobación su significado está siempre en suspenso. Los toros son un misterio.

Solo se me ocurre una manera infalible de acercarse a la tauromaquia y es a través del animal. Acercarse al toro, conocerlo en el campo, entenderlo. Cuentan los especialistas que el toro de lidia se parece en casta y temperamento bravo a la perdiz roja española, qué hacemos con eso. Desde la ciudad de hoy en día es muy difícil amar a los animales en su verdadera naturaleza, apenas contamos con un afecto ilusorio, desinformado, casi un delirio, que habla del animal familiar, trasladando la simpatía doméstica del perro y del gato al resto de las bestias, una desconexión que no contempla siquiera la estima llana y desapasionada hacia el animal de cebo o de establo. No tiene ningún sentido. Hay cebollinos que tienen en casa un conejo. Si conocemos al toro le iremos intuyendo un destino, le desearemos el mejor posible y eso nos llevará a la plaza.

Otoño. Vuelvo a instalarme en el pensamiento de los toros y se me ocurre, desde la figuración del guerrero, que el matador, con su estoque y su muleta, estaría manejando una espada y un escudo, pero un escudo líquido. Estoy muy emocionado en esta idea del toro embocándose en el broquel, objeto que debe proteger al torero pero que lo hace con propiedades acuáticas, con un carácter más persuasivo que la piedra y los metales. Una tela roja que seduce, lleva y envuelve y es al tiempo colisión y encuentro, el lugar donde todo cobra sentido y favorece la comprensión. La revelación y finalmente la belleza como la entendía Valle-Inclán: como intuición de la unidad.

Pronto recuerdo que ya Masson dibujó el capote como vagina, que no estoy inventando nada, pero es que cada vez que vuelvo a la plaza me siento empezar. Lo sabido me es nuevo otra vez. Nunca en ningún otro lugar se ha otorgado tanto valor a la muerte de un animal.

En los pasillos, que bullen de ganas, una conocida de la que no consigo recordar el nombre me habla de una faena que le vio a Morante (yo nunca he visto a Morante) donde el diestro, con un leve deje de la muñeca, rompió el toro. Le partió el cuello, dice en brusca y ya conocida metáfora. Desde fuera puede no entenderse, es imposible entender la tauromaquia desde fuera, tan suya, por eso aclaro que la imagen es figurada. Ni se rompió ni se partió allí nada más que el destino, la gravedad terrestre. Se dio un embrujo. El toro, al que siempre pienso como ese pozo negro que merodear y donde abastecerse, pasó a ser cauce de la voluntad del hombre.

En el patio de cuadrillas, donde se da el tiempo encantado de la espera, los toreros, ya de luces, acicalados y perfumados, enredan con una superstición entre los dedos, una ramita de oler que no acierto a identificar y que se pasan entre ellos por lo bajo, como locución muda, y en el llevársela cada uno al olfato entiendo una naturaleza realizada, la de aquel que se encomienda. Estoy a punto de preguntarles cuando decido no estorbar su miedo, que es razonable, ilimitado en estos momentos previos. Yo ni siquiera debería estar aquí.

Tomo asiento arriba, en el palomar, y aunque esté hasta la bandera, a veces en esta plaza me encuentro muy solo porque el público es ideológicamente infecto. Todos esos proyectos de hombre con camisa azul, pantalones beige, mocasines, pelazo, cinturón trenzado y pulserita. Ya se dijo hace años: cuando no quede sitio en el infierno caminarán sobre la tierra. El gran problema de España es España.

Suenan clarines. El diestro reza dentro de la montera (parece que beba) y a continuación se la calza, se lleva todo eso a la cabeza como quien se echa la plegaria al entendimiento. La tablilla anuncia lo que se cierne, un animal de 530 kilos llamado Unísono. El toro, que sale a la plaza, efectivamente, como una rata grande, dudo que sepa su nombre. El torero cita al toro llamándolo así, «toro», pero el animal no se sabe toro, no tiene idea, por eso responde mejor a sonidos guturales y voces antiguas.

Diría que estas bestias no distinguen tanto fonemas como golpes de voz, chiflidos, tonos y apetencias, las oes grandes y vocalizaciones luengas como túneles. El torero no tiene derecho a la palabra, no puede decir lo que piensa, su única opción es hacerlo, y sin embargo al toro no hay que dejar de hablarle, andarle despacio y decirle cosas y no perderle nunca la cara, eso nunca (no me gustan los toreros que miran al tendido), porque en sus pupilas dilatadas es donde ha de pronosticar las intenciones.

En los toros pueden pasar dos cosas, que son una o ninguna. Antonio Ferrera se ha encerrado con seis toros y ha hecho una tarde sin arte, pero tampoco de mera técnica, cuidado, han sucedido hechos extravagantes, ademanes, pequeñas ideas. Las corridas imperfectas son las que más me seducen, donde más aprendo y sufro. Mi sensación cada tarde que paso aquí es semejante al sexo: de renovación, reiteración y cierta angustia. Esto también lo dijo Valle, que a los toros se viene a aprender a bien morir.

El matador viste de celeste y oro, lo que a mis ojos, cuando toma la muleta roja, hace de él un Superman clásico a punto de levantar un coche, y al acercarse a las tablas granas de Las Ventas para coger el trapo y darlo al viento se me apareja al recuerdo de Clark Kent, al hombre antiguo y atribulado metiéndose en una cabina telefónica para quitarse las gafas y abrirse la camisa en un sacar pecho al mundo, en poner el héroe por delante. La imagen cobra toda su entidad en los desplantes con la muleta por lo bajo como la estela de la capa, y si en el hombre de acero concurre el trance del vuelo, aquí se espera lo contrario, el pisar firme, estarse quieto y ralentizar el mundo. Ceñirse el toro (embraguetárselo, se dice, que viene a ser pasárselo por toda la polla), templar esa muerte negra y por un instante, tal vez una tanda de muletazos, concertar los opuestos y reordenar el cosmos tal y como lo hace el orgasmo, de una manera efímera, la única eficaz, inventando una génesis. Ganarle la batalla a la naturaleza y luego retirarse a la fortaleza de la soledad y tratar de no darle muchas vueltas, restarle importancia, no pensar en cómo ha podido acontecer el milagro plástico que todo lo puede. El torero nos hace creer una mentira piadosa y magnífica: que el vivir fuera preciso.

Sueño que deambulo Tánger, a donde me he llegado a comprar perfumes. Me doy a su reputación de ciudad narcótica entre lo atlántico y lo mediterráneo, esta ciudad que algún día debió de ser silenciosa. No hay itinerario en el sueño como no lo hay en la medina, donde la noción de laberinto se mezcla con la sensación de estar caminando interiores, tal vez porque en sus callejas no hay cielo abierto, porque el firmamento es apenas una grieta hasta que sales a la bahía donde te esperan todas esas libélulas repentinas que son besos que no se han dado, besos de encomienda que se quedan en el limbo, vibrando, sostenidos, ¡dale un beso de mi parte! Pero no se lo vamos a dar nunca porque sabemos que al destinatario le importa un pimiento, no quiere un beso ni quiere nada.

Comprendo Tánger como comprendo Barcelona. Recuerdo lo verdadero que he sido en tantas calles de esta ciudad, con el alba tan lejos y ahí mismo, bajando la Rambla como una alfombra, de nuevo hacia el mar. Madrid, sin embargo, solo puedo asimilarla si me avengo a sus orígenes, al cruce de caminos que explica ese lugar demoníaco. Madrid sigue siendo provincias, campo, un murmullo en el centro del desierto, como cantan Ornamento y Delito.

Las mujeres de Tánger tienen la mirada muy hábil, muy capaz. No cuentan con su cabello y la elocuencia de sus andares puede resultar imprudente, así que expresan con los ojos vivos y efervescentes, solo hay que estar alerta para advertir sus comunicaciones. Este descubrimiento me enardece. La capacidad imprevista, la mía, este ser capaz de todas las mujeres. Porque a lo largo de los años he ido experimentando que los hombres como yo, y esto puede sonar deplorable, podemos llegar a sentir un desagrado y un malestar desapercibido frente a mujeres que de ninguna manera somos capaces de sexualizar, que nos ultrajan con su negligencia de sí mismas, hembras impracticables a las que ni en el más postrero de los escenarios podríamos entregarnos, no digo ya tomarlas. No hay desaire ni afrenta por parte de nadie cuando esto ocurre (aquí asoma Oscar Wilde para afearme las opiniones: todo en esta vida va de sexo menos el sexo, que va de poder), pero el efecto que esas personas irrealizables han llegado a producir en individuos como yo, en mí, quiero decir, para qué engañarnos y sea cual sea mi condición, la que origina y determina esto, es una sospecha de que alguien está desprestigiando la vida, pisoteando sus magnetismos, y se me impone una clara repugnancia de la que no puedo desentenderme.

Es complejo comprender la energía masculina incluso para un hombre, que es el primero en sentir la turbación de su propio deseo inopinado, un apetito en cuya envergadura no entran consideraciones de civilización, ¿qué obviedad escribo? Hay un violador dormido en todos los hombres y la vida de todos ellos se basará en moderarlo, en contenerlo, en llevarlo de la mano y enseñarle a leer, oponerse va ser nuestra única ocupación durante gran parte de la vida. Oponerse y dar gracias por la cobardía que nos compone en un setenta por ciento. Siquiera mentarlo llega a asustarnos, como si al saberse observado pudiéramos perturbar su sueño y darle licencia; pero el mayor peligro es negarlo, atribuirlo en exclusiva a almas cafres, pretender que el resto ha conseguido extirpárselo o decidir que este párrafo no procede. En primavera esa faceta del hombre aúlla y llora su miseria al paso de madres e hijas.

Pero estoy en Tánger. Me notifico en estas reflexiones inconvenientes. En esta ciudad sin mujeres que sedujo a todos aquellos maricones misóginos, escritores como Joe Orton, Burroughs, Genet o Paul Bowles, forasteros remansados en este lugar prostibular que escucharon la llamada a la oración y que encauzarían sus crímenes en las artes o en las drogas, si bien aquellas drogas matarían la sociabilidad sexual y sin libido no habría culpa ni vergüenza, porque en el dejar de existir el sexo desaparece la culpa y desaparece todo esto que escribo ahora en este cuaderno de viaje.

Estoy en Tánger y me mantengo a la espera. No tengo nada que hacer aquí. El más enfermo y peligroso de los hombres es aquel que en todo advierte posibilidad de negocio. Bowles dijo que en este lugar el pasado y el presente existen simultáneamente, y señalaba la omnipresencia en la ciudad de relojes. A su decir, la unidad más pequeña de medición del tiempo aquí sería el *qsim*, que cuenta cinco minutos como el mínimo de todo, por menos no se puede esperar nada.

La vida aquí se toma su tiempo y se manifiesta en sus aspectos más tangibles, que son la risa, el sexo y la digestión. Me place que se fume en los bares, me molesta no fumar yo, de hecho, en estos lugares donde el ceremonial del té imprime un ritmo que el alcohol arrebataría. Y que se pague con dinero, que no seamos todavía completamente idiotas. Me gusta también levantar la cabeza del cuaderno sobre esta mesa de mármol y atender cómo pegan a un niño, ver cómo su madre le propina un cachete a un crío para despabilarle las carnes. Una buena hostia.

Del gentío regreso a la soledad blanca. Otra vez paseo. En el paseo el pensamiento deja de ser obstáculo para hacerse cuenca, interzona, tiempo corriente. El paseo ha de ser vano y su carácter no puede fingirse. Es, en sí, un lugar mental, y en él no hay propósito sino derroche. Y en esa deriva, en las calles angostas de la medina, comemos fresas sin tener en cuenta que las fresas hay que comerlas al sol, que a la sombra provocan escalofríos.

Una sensación frecuente, más allá de perderse uno, es la de haber perdido el sombrero. Compré un sombrero rojo tirando a escarlata para proteger mi despoblada cabeza del sol, y a menudo, cuando no juego con él en las manos (soy bueno en eso), me sobresalta la sensación de haberlo olvidado en el último café, en el respaldo de una silla, y doy varias vueltas a mi pensamiento, hago memoria, ¿cuándo y dónde he escrito yo antes de sombreros? Confecciono el pasado inmediato en busca del que llevo puesto en la cabeza de chorlito, ahí ha estado todo el tiempo, la vida entera.

Las celosías, el viento saciándose en las palmeras, la aventura descansada, sesteando o quieta del todo. Mi ventaja es que pertenezco a otro lugar. En una alacena con tracerías del apartamento, entre ajadas revistas de viajes y ejemplares de *Maisons de Tanger* he encontrado la edición original francesa de *Le dossier Harding*, el segundo álbum de la trilogía inglesa de Floc'h y Rivière, un cómic que en su día, hace más de tres décadas, debí de leer por entregas en las páginas de la revista *Cairo*. El tebeo no es bueno, no me lo parece, me seduce sin embargo en algunas de sus soluciones gráficas. El destilado de la «línea clara», cuya expectativa tonal siempre me embarga, me lleva a preguntarme hasta dónde ve el dibujante, hasta dónde le alcanza la vista y en qué momento la línea deja de serlo para convertirse en mancha. De estas páginas me fascina la lluvia cálida en diagonal, dibujada gota a gota en toda su magnitud y dulzura. La aventura dormilona del tebeo francés. Podría vivir en una de estas viñetas.

Ya sé a qué he venido aquí, claro, los perfumes, ¡vine en busca de alguna esencia! He venido a recuperar el tiempo perdido, a recobrar olores y texturas, perfumes arábicos e incluso tonos de color, un gusto un poco anterior, el paladar antiguo, aniñado y dado a otras necesidades, combinaciones ya estériles en el tiempo presente. Me gustará también irme. Volver. Porque me guste o no todo yo soy tiempo presente, estoy hecho de tiempo presente, esa es la única materia que me compone. ¿La conciencia? ¿Conciencia de qué? Llevo aquí sentado escribiendo cinco años, estoy por volarme los sesos.

«Because the night», o «por eso la noche». Me gusta mucho hacer esa traducción errónea, darme a ella. Es una sensualidad intelectual a punto de ocurrir en el mundo físico.

Vivir de noche es el primer gesto de rebeldía adolescente, la primera desaprobación de la muerte y por tanto el primer paso hacia el vampirismo. Vivir de noche callado, escuchando la radio cuando se escuchaba la radio, leyendo a resguardo y más tarde en la calle, de bar en bar tratando con desconocidos, arrimándose a extraños y afines que de pronto son la misma cosa, prójimos, una miseria. Todos los viernes esperando que sucediese un beso, alguna catástrofe. Hay quien perpetúa ese modo de vida y tal vez en eso se erige la noción de vampirismo, el vampirismo real, la muerte biográfica.

El joven vive a deshoras en la isla de la noche y en su sombra entiende que desobedecer es lo más acertado que puede hacer. La desobediencia como observancia. Ahí funda una comunidad de iguales que se irá diezmando, individuos que se irán yendo al día, a las obligaciones diurnas que contraen, y el individuo obstinado en esa nocturnidad se irá quedando solo en la noche, petrificado, y al final eso es el vampiro, uno al que han abandonado. Cuya supuesta inmortalidad consiste en permanecer cuando toda su generación se ha ido marchando en fila india.

Ser un vampiro no es otra cosa que estar solo, agostado, quedarse leyendo mientras los demás hablan afuera de asuntos que creen novedosos pero que en verdad están en los libros, llevan mucho tiempo ahí, todo está en los libros. La tragedia de ese vampiro romántico es que se va a ver obligado a paliar su soledad en el amparo de otro cuerpo, ese lugar donde recogerse que es el cuerpo de otro, donde ser uno en la manera más frágil, darse desnudo, sin temor a ser dañado. El amor es el lugar donde va a tener lugar nuestra parte más vulnerable, el único lugar donde vamos a poder dejar ver nuestra parte más blanda.

Ha de ser terrible no pertenecer a nadie.

Algo que parece desprenderse de los azotes naturales que la vida te va procurando es que en la tristeza se prolonga el entendimiento del mundo y su percepción. Ese es mi caso, al menos, pero sospecho que ha de ser así para todos. La comprensión de las cosas se amplifica en la desdicha. La anécdota más nimia se extiende en ella como relato y se recibe al otro con mayor nitidez, a la circunstancia ajena se le consideran pormenores que la explican y la dan a entender en toda su amplitud. En la sensibilidad activa de la pena parece fecundarse el mundo, florece su dolor, y todos sus atributos se vuelven de nuestra incumbencia, tal y como el vampiro, en su eterna indefinición (porque sin la precisión de la muerte no se puede ser del todo), es un ser ambiguo, metafísico y detallista. El vampiro es el propio reflejo pálido callejeando el mundo, un ser terrenal hasta las trancas y a la vez la refutación del materialismo. El vampirismo, en el vaticinio de su trance, es una cosa muy larga, y al vampiro, al no poder irse, no le queda otra que volver. Y volver y volver y volver. Es más partidario del regreso que del progreso, y vuelve y se queda y en su estancia aquí es múltiple, y soporta los embates del tiempo y respira por la herida. Si has visto heridas terribles habrás podido comprobar que las heridas respiran, viven, sufren y padecen, que al fin y al cabo es su cometido. Yo he llegado a escuchar heridas tomar aire, he visto y oído resoplar un boquete en el cerviguillo de un toro, abrirse y contraerse como un ano ensangrentado y viviente y fuera de lugar, la sangre que no toca el suelo, un hilo colgante.

El vampirismo es lo contrario del transhumanismo, que en sus postulados propone la entrega del cuerpo. Es, de hecho, la cárcel del cuerpo, por eso es clave vigilar el arroz, tener en cuenta en qué momento y en qué condiciones físicas vamos a tomar el bautismo de sangre, el sabor inocente de la sangre, porque vampiros gordos no hay y si los hay será que han migrado del ámbito del terror al de la ciencia ficción, cuatro déspotas.

Personalmente, me cuesta más creer en la muerte, que en sí no acaba de convencerme, que en el vampirismo como posibilidad. Tampoco me engaño: aunque mantengo conductas favorables al respecto, sé que se me está haciendo tarde, y la mentira, al fin y al cabo, se hace de muy difícil dominio cuando se está subordinado al lenguaje, cuando se vive observando la condición exacta de las palabras, entre otras cosas porque en su naturaleza de bisutería la mentira contiene una doble verdad, la que oculta y la que pretende.

La bisutería es una realidad paralela donde las cosas procuran, se quieren. Se pretenden pero no se desean, porque lo que se desea es otra cosa. Una sortija, un anillo, un collar que no alcanza, tienen la obligación moral de ser más, de irradiar más lejos. Por eso al verificar algo empíricamente se lo llama falsar. Según el diccionario de símbolos, las joyas significan, en la mayoría de tradiciones, las verdades espirituales, pero en su expresión el falso rubí debe brillar más que la auténtica piedra preciosa, del mismo modo que el falso jazmín tiene que sobreponerse al jazmín auténtico desprendiendo un perfume más intenso. Esto con un huevo frito no pasa porque un huevo frito es indiscutible, pero el caviar o el paté también conocen simulaciones, sucedáneos (de suceder, que suceden), porque cuando más ostensible se hace la verdad es en su incomparecencia. La mentira, por su parte, en su necesidad de ser creída se esmera en una verdad fehaciente, y aunque en ocasiones logra el brillo y el color de la piedra preciosa, por lo general se le hace difícil alcanzar su transparencia.

Interrumpo estas reflexiones y dedico un tiempo a la traducción de *Ranxerox*, que he acordado entregar a mi editor en próximos días, mientras pongo a sonar por vez primera «Bandana Boys», una tosca canción de Dirty Actions, a un volumen que no se corresponde con mi realidad, que queda así disimulada. Tengo el tebeo original abierto en un atril como un pórtico en esta noche. Calculo traer unas veinte páginas del italiano a mi lengua (no sé italiano, me lo pienso inventar, haré un trabajo excelente) y luego regresaré a la escritura, aquí mismo, desplazándome sobre los nudillos.

Está por amanecer y antes de las prisas de la recogida me entrego a un lapso retrospectivo frecuente en noches así. Considerando momentos ya vividos rememoro y le rebusco detalles a un verano inmenso, muy amplio de noche. Me recuerdo yo entonces prendado de una muchacha morena ausente, toda ella ardides, una auténtica zorra que me hacía la vida imposible o tal vez se la hacía yo a ella, resistiéndome a fiarle como haré siempre antes de hacerlo, antes de darme. En todo esto tiene mucho que ver un disco que compré aquellos días y que ha saltado ahora en Spotify sin contemplarle el algoritmo las consecuencias, la remembranza que trae por defecto. Y a medida que suena me recuerdo en mi soledad siempre supuesta, una soledad asistida, escuchando este disco en el tiempo corrido de toda una noche (es un disco mediocre pero cargado de entonces), y por lo que sea, porque la presión atmosférica es la adecuada, advierto que no me siento discontinuo, que estoy instalado en el privilegio de mi propia cronología, y miro alrededor y doy con un dibujo de George Herriman, una historia de *Krazy Kat* en la que el personaje de la gata sugiere a su compañero, el ratón Ignatz, que se aparten de ese caldero de latón, que es que de pronto le pone triste. ¿Pero cómo, por qué iba a ponerte triste un viejo caldero de hervir?, pregunta Ignatz. Ah, Inacio, responde Krazy, son los recuerdos, Inacio, los recuerdos, eso son.

Krazy Kat, la gata loca (no está loca), nació en un caldero de hervir hace más de cien años y cien años después todavía me conmueve, sabe cosas que nosotros ya no sabemos. Siento mucha gratitud por su blanco y negro, por la humanidad de sus tintas y por el altruismo quijotesco de sus aconteceres, porque me haya sido dado a entender ese felino como una divinidad menor puesta en la tierra para alegría de los hombres, para instruirlos en la bondad.

No entiendo por qué lloro, por qué tiendo a llorar tan a menudo cuando todo marcha. En realidad no lloro, solo escribo que lloro, no he llorado nunca, jamás en la vida, qué cojones voy a llorar, pero hay dos lugares en los que puedo sentir el espejismo de la felicidad, que no es sino eso, un espejismo y una conmoción, un arrebato. Su causa se halla, en primer término, en los otros, en el conocimiento de los otros, en la escucha y en la comprensión de los otros, de todos los demás, porque me encuentro abrumado por una capacidad indómita de comprenderlos a todos. Tal vez esto sea la locura. Y no por ello ha de atenuarse el desprecio que me despiertan, ojo. En ocasiones, de hecho, me asquean más profundamente porque conozco sus razones, me enfurecen sus motivos, pero en general lo que me place es atenuar su desasosiego en el hacerlo compartido. Y en ello, tan indistinto y tan lo mismo, siento que me inflamo.

El otro ámbito que me sacude y me trastorna es la pasión intelectual (me da vergüenza escribir artística, pero en verdad es a lo que me refiero), no sé qué tipo de tumulto interior en el que me consumo, *el seny i la rauxa*, que son dos cosas que conviven en el ánimo catalán y que vendrían a ser como volar una cometa o volar un dron, la misma moneda, dos posibilidades. Hay algo mucho más intenso y estimulante en la idea de algo que en la experiencia de algo. Mientras la realidad se dispersa, la idea cristaliza como baba de serpiente y en ella la dicha se hace absoluta, soy incandescente.

¡Oh soledad, nacimiento del tiempo! Esto tiene que ser de un poema antiguo, no puede ser mío cuando me hace reír tanto. Igual de una ópera o de oírselo a un torrija en el metro, vete a saber. Escribía Michel Surya sobre la vanidad del individuo intelectual, que se entrega a algo tan vano, estéril y estúpido como el conocimiento. ¡Ni siquiera! Se entrega a la especulación. Promueve un estado meditabundo de la conciencia, cavilando métodos, hipótesis y conjeturas para qué, si tengo la certeza inquietante de que se puede vivir sin cultura, sin arte, sin interés lector, sin toda esta pamplina.

Ah, el vampiro, un murciélago, qué animal tan extraño, un mamífero atrapado en un ave. Me inquieta de los vampiros la estela, el cómo van arando el tiempo y hacen acopio en su vivir poco a poco, tan despacio. La posibilidad de seguir cualquier rastro hasta que se lo lleva el diablo y pasa a ser vestigio, su agotar todas las modas, cada relación hasta que se extingue, el llegar al olvido y allí sentarse a esperar, si bien no creo que la espera, en el sino de quien ha de vivir en un eterno presente, tenga mucha aplicación. ¿Regresa a su ser primitivo un no muerto? ¿Se remonta, hastiado, hacia antiguas satisfacciones? Entiendo que las posibilidades de esparcimiento de alguien que lleva viviendo pongamos setecientos años han de verse muy reducidas. Esa búsqueda constante de lo prodigioso que es la lectura, el arte, su promesa interminable de salvamento, ¡el arte inútil!

En sus cuadernos, Cioran equiparaba a los hombres que tenían un pie en la tumba y a los que lo tenían en el paraíso, algo que operaba en él, esto último, como un drama inacabable, prisionero asqueado de la pérdida. ¡La quimera de olvidar! A saber qué es lo que arraiga inalterable en la memoria. Cómo se gestiona la vergüenza acumulada por los siglos y de qué manera evita uno ser devorado por los propios errores. ¿Es el vampiro el individuo que él cree ser? Peor lo pongo:

¿cómo respetar lo que uno es realmente? ¿Cómo evitar, durante tanto tiempo, ser lo que se supone que debemos ser? Hay cierto consenso en que si los vampiros no se reflejan en los espejos es porque carecen de alma, pero también puede entenderse como una compasión hacia el mito, una manera de mantenerlo a salvo de sus propias vanidades.

¿Y si no se acuerda, el vampiro? ¿Y si se le olvida todo esto? La memoria es mucho más poderosa que el momento presente. Su influencia sobre la realidad es mayor que la vida en curso. No obstante, cuando el pasado se hace abismo y la memoria no admite más almacenaje, los recuerdos se desvanecen y son reemplazados por la imaginación, y así el vampiro llega a componer un ser basado en su propia mitología, híbrido y fabulador, multiplicación y reunión perpetua de sí mismo.

El vampiro es un hombre suprimido de los hombres, alguien que ha perdido el bien necesario de la muerte (morirse y el vampirismo conceden la misma licencia: ya no morir). Y me pregunto si la muerte se metaboliza, si la idea de trascendencia encuentra otro empleo y si el vampiro tal vez desarrolla eso que se llama oído absoluto, de la prestidigitación hace costumbre o si acaba oliendo a viejo. El corazón hecho reliquia. ¿Qué hace un vampiro si le muerde un perro? ¿Cómo se las arregla un vampiro en general? ¿Dónde encuentra la sensación directa? ¡Porque la vida es todo el rato!

Es fácil entender al púber a punto de la adolescencia, alienadísimo, arrollado por la lisonja de la sexualidad reemplazando al eros desordenado e inconveniente del niño, el primer gran colapso de la vida, la murga de esa violencia hormonal que a muchos los pone a pelear o a hacer deporte o incluso negocios, qué otra cosa hacer con aquel montante que les rebosa, cómo no ir marchitándose a medida que se reducen las satisfacciones infantiles. El niño que hemos sido es lo único que somos, todo lo demás es accidente y contingencia.

El chasco de la vida adulta mostrándose hace muy comprensible que el chaval o la chavala en esas elija no ser, autodestruirse, el vestir de negro que hablábamos, y esa decisión encierra el primer momento de lucidez, cuando esos chicos y chicas se enamoran de los poetas muertos y rastrean en la selva urbana herbolarios y calaveras, jardines umbríos y secretos malva, los tonos románticos y decadentes de un tiempo anterior, de las afueras de su tiempo, que hoy ya incluyen el neón que en los años ochenta tornasoló de agravantes el rostro del vampiro. Bendito artificio.

Mientras el adulto vive en peligro perpetuo el niño es inmortal, porque la inocencia del niño no es bondad como a menudo se pretende sino amoralidad verdadera. Y si el niño logra enrocarse en el niño pasará a vivir en esa concomitancia de ser a la vez niño y anciano, las dos cosas pero al menos en ningún momento un adulto, que es la condición más decepcionante del ser humano. Las lógicas de la realidad se le harán intolerables, le enfermarán, detestará a los débiles mentales que ingresaron conformes en el fraude adulto y temerá todo lo que sea propio de los hombres. Y cuando el ánimo colectivo parezca conciliarse en un sentir único arreciará en él una furia destructora.

Con el paso de los años ya no hay que decir mucho, no es preciso abrir la boca, va todo implícito en el gesto. Me pregunto también si en el transcurso de la inmortalidad se logra ser amable o si por el contrario se pierde la paciencia.

Si se me concediera la dispensa de la muerte, la supuesta regalía de la vida incesante, echaría la misma tarde que hoy he gastado sentado en la desolación del Ajenjo, buscando la ocasión favorable para romper copas de cristal con la voz en este café romántico de la Galería de Robles que huele a gatopardo, donde además tienen calvados y varios relojes que cantan la hora a destiempo, que como se sabe es la mejor manera de marear el tiempo y no tener nunca la seguridad de en qué momento se vive hoy aquí.

Sobre la mesa, en otra viñeta aislada, Krazy Kat busca atemperar la curiosidad lechosa que rige su existencia gatuna sentándose a descansar a la sombra de un árbol, pero en ese marasmo de la sed y en la quietud del deseo, que al fin y al cabo es un anhelo de porvenir, se ve enseguida arrumbada a un limbo baldío. Y se ofusca, claro. Decae.

La condena del vampiro es finalmente la misma que la del mortal: repetir sus propios errores. No aprender nunca. Lo que le pasa al vampiro es lo que nos está pasando a todos.

Si me doy prisa llego a coger el último metro, aunque si no lo cojo tampoco pasa nada, qué va a pasar. Todavía puedo hacer lo que quiera. Puedo mirar el cielo de reojo, poner el carro delante de los bueyes, agitar un ramillete de lavanda. Tiempo hay.

No hay plano alzado de este libro, pero intuyo que la salida no ha de estar lejos porque estas páginas son ya irrespirables. De momento sigo aquí metido, para mis adentros. Perplejo y prosternado ante los tres lectores que he sabido traer hasta estas costas, gente amable y problemática que bracea hasta la orilla y se deja caer derrengada sobre la arena, antes del colofón. ¡Pobres!

La vergüenza torera es un concepto muy atractivo. El toro debe morir en la plaza y debe proporcionársele la mejor y más digna defunción posible. A partir de ahí, si una tarde vienen mal dadas, si la faena resulta poco vistosa y escasa en arte, si en el tendido dan palmas (dar palmas representa lo contrario de aplaudir), si el toro es justo, sin celo, si parece un salmón noruego o una lavadora, si no entra al caballo o sale de él melancólico, si en el capote no se recoge y en la muleta no humilla, si no responde las solicitudes y en general tarda y se distrae y se descompone y se va de largo y acaba por cantar la gallina; si la presidencia avisa una, dos y hasta tres veces, la espada pincha en hueso y vuelve a pinchar y cuando entra entra caída, acabáramos, y resulta que no lleva muerte; si la cuadrilla no está al quite, el torero está amochado y el público se muestra inmisericorde, la vida en contra, el matador debe igualmente resolver, aguantar el tipo y dar la talla. Terminar la faena. Y ya se dirá luego que una mala tarde la tiene cualquiera, una tarde sin pena ni gloria que al fin y al cabo son casi todas. Porque no es contra el toro que se torea sino contra uno mismo, esto a veces se olvida. La vergüenza torera no es otra cosa, parece ser, que el amor propio de toda la vida.

Durante semanas, mientras escribía este romancero, solía escuchar a una muchacha canturrear y titubear y desdecirse y volver a cantar al otro lado del tabique. Viven varias personas en el piso de al lado y una de ellas, esta que digo, compone canciones. En algún momento debió de tener cierta repercusión televisiva y hoy cuenta con una parroquia que aprecia su música y que le permite dedicarse a ello, disfruta de cierta popularidad y salvo cuando viaja para actuar en otras ciudades pasa el tiempo aquí trabajando en sus canciones, a dos metros de mi escritorio, muy joven, sin instrumentos, sobre bases electrónicas desmayadas, con su pelo platino y su chaqueta de mezclilla, así la he visto en la escalera.

A lo largo de varios días pude oír tomando forma una de esas canciones, su letra modificándose según salía y se ponía el sol, ella escribiendo en voz alta, cantando remisa y sedosa y alargando las vocales y yo desnudo, así mismo, ridículo y sigiloso antes de meterme en la ducha, aplicando mi viejo estetoscopio a la pared y escuchando cómo un fraseo que primero decía «si me das todo lo mío» después dirá «el mar está bien como está».

¿Hay algo más sexy que una vecina cantando? Bien, en este caso cualquier cosa. No puedo decir que me gustase mucho el desarrollo de la canción, ni en verdad ninguna otra de un repertorio que he intentado escuchar pero que me deja frío. Salvo algún verso airado e impredecible, lo que escribe esta chica brota moniato, sin audacia, esa es mi opinión. En todo este tiempo tampoco he conseguido tomarle cariño a ella a través de la pared, hablando con su madre, que se encuentra en Murcia y le narra platos de comida, lo que ha hecho de comer hoy, es su manera de seducirla, de traer su apetito al pueblo, pero la niña está desganada y no atiende a dietas mediterráneas. En cualquier caso, me ha hecho compañía en algunas tardes de invierno y he tratado de apreciar el proceso de sus composiciones, hasta el punto que esta mañana he sentido cierta gratitud cuando al poner Radio 3 me ha sorprendido esa canción terminada. Estrenamos nuevo single, anunciaban, y he entendido que era la realidad saliéndome al encuentro.

Mi vecina no se encontraba en casa esta mañana, estaría en la Casa de la Radio, digo yo, en Prado del Rey, la he pensado allí cantando y la he escuchado orgulloso y tunante en riguroso directo, amadrigado y con emoción compartida, recordando que anoche, entre alaridos teatrales, se quejaba a sus compañeras de piso de que no podía cagar. ¡El Redbull me seca la caca y me duele al salir!, comunicaba a gritos desde el excusado. *Mental breakdown!*, ¡tremenda vida!, se desgañitaba; y luego al teléfono, no sé con quién, se iba a poner confesional: estoy más tranquila, me estoy formando, no me estaba escuchando a mí misma, ahora me siento muy capacitada para tomar decisiones, cincuenta cincuenta. Cosas así pude espigar, tampoco sé a qué venían.

Seguidamente, en la radio, entrevistaban a la directora de ARCO, que ha empezado a hablar mierdas, dinero, mercado, brechas de género, un sinfín de simplezas, trinca que trinca, estos sacaperras, así que he apagado la radio para no oírla. Para eso se apaga la radio, para que se mueran dentro los muñecos.

Son miles de años de técnica y civilización. Siglos de evolución magnífica y nosotros aquí alternando, esta persona escribiendo estas líneas. Un hijo del hombre buscando pretextos, falseando una estructura que le es indiferente, cuando lo único que me suscita algún interés es el detalle insignificante, la pizca, la poca vergüenza. Es meterse en una ratonera, este proceder, porque si admitimos que es preferible escribir sin objeto, que no hay materia que lo merezca y que nada importa lo suficiente, solo nos queda el yo. Y el yo es indeseable, eso lo sabemos. Yo no lo quiero para nada. Sería más fácil escribir de los demás, pero el yo es lo único que puedo ofrecer, justamente, por ser lo único que tengo y sobre todo porque me sobra, por eso lo desperdicio aquí, me malgasto y me echo a los puercos. Para devenir, para eso escribo. Porque entre el mundo y yo elijo el mundo.

Amanezco desocupado e indiferente, con la gratitud metida en el cuerpo, el cansancio benéfico de ir explicando la vida tierna y ardiente, de sacarla al sol para que se explique ella misma, extendida y toda. Escribo tomado por qué emoción, no tengo ni idea, busco hacerlo físicamente, escribir desarticulado. Hace días que no me visto, que ingiero apenas lo que encuentro y acaso me aseo para salir a la esquina del gorrión, el claro este chiquitito a tres calles que no tiene ni estatuto de plazoleta, nadie me ve allí, allí me siento en un banco de listones de madera vieja y leo tranquilo. He aprovechado para ir a cortarme el pelo y al peluquero le olían las manos a plátano. No me ha parecido mal.

Marta, la arquitecta de la que tal vez, quizás, quién sabe, me puedo estar enamorando (ya es tarde, estoy loco por ella, ¡de nuevo este milagro!, ¡otra vez preso en la cárcel del amor!), ha pasado esta mañana para hacer la prueba de estanqueidad, por ver si así averiguamos dónde se produce la gotera cuando llueve a mares como ha estado lloviendo. Con una seguridad mundial y unos plásticos negros ha tapado el desagüe y ha procedido a inundar la azotea con la manguera naciente, tres dedos de agua, y ahora es cuestión de observar durante veinticuatro horas si la lámina impermeabilizante debajo del solado puede estar rota.

Como una cosa lleva a la otra, descalzos y arremangados por encima de los tobillos, le he preparado el plato de pasta tan prosaico de noviazgo y circunstancia que improvisó una novia que tuve un día en que estábamos contentos y muy avenidos, y en una extraña curva adúltera esto nos viene muy bien porque la única manera de hacer útil un libro es incluirle un conjuro o una receta. Así que mientras en una sartén grande y honda se dora un diente de ajo y un par de zanahorias van por delante en rodajas finas, cortamos media cebolla en juliana siempre escondiendo las yemas de los dedos, sabiendo muy bien lo que hacemos, laminamos unos champiñones y vamos preparando en aros un puerro. Añadimos todo eso a sofreír y cuando el conjunto empiece a adquirir carácter le bajaremos los humos rociándolo con vino rancio, antes de que se empache echaremos la pasta cruda (macarrones verjurados o tallarines corrientes, ambos son buena elección) y cuando tome cierto color anegaremos la mezcla con cuatro o cinco tazas de un caldo de pollo y verduras que previamente habremos preparado en una olla grande y que técnicamente hace de este plato único segundo plato, caldo de sopa de toda la vida, casero, nunca servirse del envasado, esas ponzoñas que venden y que empapuzan la pasta. Luego es cuestión de tapar la sartén e ir vigilando como se vigila un día siguiente, una expectativa, con naturalidad y confianza, qué otra cosa podemos hacer. Cuando el caldo se extingue, bailamos un poco el todo y tras un último golpe de fuego para que se arrebate, que no es imprescindible pero me apetecía escribir, lo tendremos listo para la mesa. Es un plato de sabor fuerte, cremoso y falto de respeto, que en su sencillez trae exuberancia de día lectivo.

Pero qué te iba a decir. Vamos a ir metiendo en hora este libro. ¿Había que hacer un libro? Pues aquí tienes un libro. Arbustivo. Casualista. Indulgente y febril. Lo que sea. No he tenido más remedio. El sentido y la explicación de un libro está siempre fuera del libro. Este ha salido así, mitad tratado de paz mitad máscara mortuoria. No hay sujeto. Yo me voy. Desfallezco.

Una suave melodía de fagot arranca en mi cabeza mientras me someto a lo material, a la geometría y sus obligaciones y a la ley del mundo. Aunque a estas horas no lo sé, esta noche soñaré con Torres Blancas, que ni son torres ni son blancas.

Llego aquí sin haber expresado nada de lo que pretendía expresar. ¡Pero qué bueno estaba el café!

FIN

Esto terminó de imprimirse un 29 de marzo de 2024 en Basauri.

Las ocasiones

www.fulgenciopimentel.com

ISBN: 978-84-19737-22-9
Depósito legal: LG G 00104-2024

Primera edición: abril de 2024

Editor: César Sánchez
Editores adjuntos: Joana Carro y Alberto Gª Marcos
Diseño de cubierta: Daniel Tudelilla y César Sánchez
Comunicación: Félix Eloy González
prensa@fulgenciopimentel.com

Las irregularidades ortográficas y tipográficas presentes en este libro responden solo al deseo del autor, así como a la voluntad del editor de cumplir todos los deseos del autor.

Impreso en España, U.E.